双葉文庫

口入屋用心棒

野良犬の夏

鈴木英治

目次

野良犬の夏　口入屋用心棒

第一章

一

いたたまれない。

樺山富士太郎《かばやまふじたろう》は頭を抱えた。

必死に道を駆けているのはわかるが、今、自分がどこにいるのかはわからない。

行きかう町人たちが、びっくりしたように次々に避けてゆく。すまないね、と思いながら足はとまらない。

ああ、どうしよう。

頭をかきむしりたい。走りながら、実際にそうしていた。

それにしても、どうしてこんなことになっちまったのかね。

いきなり母に座敷に呼びだされ、とんでもないことを告げられたのだ。それをきいた瞬間、富士太郎は頭のなかが真っ白になった。

母に対しては、それでもしっかりと受け答えをしたと思う。だから、おいらがどれだけうろたえていたかばれてはいないはずだ。

母が座敷から立ち去ったあと、富士太郎は八丁堀にある組屋敷を飛びだしてきたのだ。屋敷からとにかく遠ざかりたかった。

遠ざかったからといって、自分を襲おうとしている災厄から逃れるすべはないのだが、今はただ走っていたい。すべてから逃れたい。

どのくらい走り続けたものか、さすがに息切れがしてきた。胸が苦しい。汗もたっぷりとかいている。

ちょっとだけ足をゆるめた。頭上から射す日の光がまぶしい。

「樺山の旦那、事件ですかい」

横合いから声がかかった。

驚いて立ちどまり、富士太郎は声を発した男に目を向けた。

「米田屋《よねだや》さんじゃないか」

道脇に立っているのは、小日向《こひなた》東古川町で口入屋を営む光右衛門《みつえもん》だ。相変わらずえらが張った顔をしている。目が細いのは、にこにこ笑っているせいだけではない。よく剃りあげられた月代《さかやき》がてかてかして、血色のよさがわかる。どうやら外まわりの最中のようだ。

「いや、事件じゃないんだよ」

「非番ですか」

光右衛門が富士太郎の格好を見ていう。

「うん、そうなんだ」

今の富士太郎は、定廻り同心と一目で知れる黒羽織の着流し姿ではない。だいぶ春めいてきて、気に入りの弁慶縞《べんけいじま》の小袖だけでも寒さは感じない。ずっと走っていて、体があたたまっているせいもあるかもしれない。

「どうしてそんなに血相を変えて走っていたんですかい」

米田屋さんに話すのもいいだろうね。少しは胸のつかえが取れるかもしれないものね。

知った顔に会えて、気持ちがやや落ち着いてきている。

「実はね――」

富士太郎は語った。

きき終えて、光右衛門が目を丸くする。

「ほう、お見合いですかい」

「そうなんだよ。とんでもないことになっちまったよ」

また頭を抱えたくなった。

「樺山の旦那にしてみたら、そういうことになるんでしょうねえ」

そうなのだ。富士太郎は、湯瀬《ゆせ》直之進《なおのしん》という男が大好きなのだから。

直之進はもともと駿州沼里《ぬまざと》の家中の侍だったが、沼里を出奔した妻の千勢《ちせ》を追って江戸に出てきた。千勢は見つかったものの、二人とも沼里に戻ることはなく、今も江戸で別々に暮らしている。二人に、復縁しようという気はないようだ。

「お見合い、受けるんですかい」

光右衛門は笑いをこらえる表情だ。

「米田屋さん、なにを笑っているんだい」

「すみません」

光右衛門は表情を引き締めてみせたが、目にはまだ笑いを残している。

「樺山の旦那、手前がいうのもなんですが、湯瀬さまのことはあきらめられたほうがよろしいですよ」

「いやだよ」

富士太郎は言下にいった。

「でも、湯瀬さまにその気《け》はありませんからねえ」

「そいつはおいらも十分にわかっているんだけどね」

光右衛門が顔をしかめる。

「樺山の旦那もかわいそうですけど、そうなると見合いの相手も気の毒ですねえ。相手はどなたなんですかい」

「八丁堀の吟味方の同心の娘だよ」

「同じ組屋敷内ですか。お顔を見たことはあるんですかい」

「何度もあるよ」

「どんな娘さんなんですかい」

そうだね、と富士太郎は腕を組んだ。

「目がくりっとしているね。鼻が丸くて頬が豊かだよ」

「よさそうな娘さんじゃないですか」

「そいつは、おいらもわかっているんだけどさ……」

「断ることはできないんですかい」

富士太郎は唇を嚙み締めた。

「それができたらうれしいんだけどね」

「どうして断れないんです」

「母上が怖いんだよ」

「樺山の旦那の母御なら、おやさしそうに思えますけど」

「とんでもない。薙刀の達者で、おいら、子供の頃からしょっちゅうやられているんだから」

光右衛門が目をみはる。

「薙刀でですかい」

「薙刀に見立てた箒だけどね。いたずらをすると、ばしばし容赦なくやられて、おいら、そのときの怖さがいまだにしみついちまっているんだよ」

「そいつはたいへんですねえ。でも、受けるつもりがないんでしたら、樺山の旦那、断るしかありませんよ」

「そうなんだけどねえ」

母の顔を思い浮かべると、それだけで気持ちが萎える。そうだ、と富士太郎は思った。

「直之進さんに相談してみようかな」

光右衛門が苦笑する。

「相談されても、困るだけだと思いますけどねえ」

光右衛門の言葉は富士太郎の耳に入らない。

「今も直之進さん、例の的場屋《まとばや》さんにいるのかい」

的場屋というのは登兵衛《とうべえ》という者があるじの札差だ。田端村に別邸があり、直之進は登兵衛の用心棒についている。

「そうですよ。行かれるんですかい」

「行きたいねえ。でも仕事の邪魔をしてしまうことになるから、やっぱりやめておこうかね」

会いに行けないのは残念だが、その代わりに富士太郎は直之進の顔を思い浮かべた。

きりっとした濃い眉、ふだんは柔和な光をたたえているが剣を持つと鋭くなる瞳、鼻筋の通った高い鼻、ほどよく引き締められた口。

直之進の面影を目の前に引き寄せるだけで、いい男だねえ、と陶然としてしまう。

「樺山の旦那、どうしたんですか。まるで魂が抜け出たような顔ですよ」

富士太郎は笑みを見せた。

「直之進さんに本当に魂を抜かれちまっているんだよ」

二

背筋に寒けを感じた。

湯瀬直之進は思わず肩をすくめ、正座している膝をもぞもぞと動かした。

「どうされました。お寒いですか」

雇い主の登兵衛が案じ声をだす。

「ちょっとな」

「でしたらこちらに来られたらいかがです」

座布団に座っている登兵衛が、手で濡縁を示す。春らしい陽射しが一杯に当たっていて、いかにもあたたかそうだ。

「では、お言葉に甘えさせていただこう」

刀を手に直之進は立ちあがり、濡縁に腰をおろした。やわらかな日の光に包みこまれ、体がのびやかになる感じがした。

「お風邪でも？」

「いや、風邪など滅多に引かぬ。どうしてか不意に背筋が冷たくなった」

登兵衛が眉をひそめる。

「例の遣い手が近くに来ているというようなことはございませんか」

「それはないと思う」

直之進は落ち着いた口調でいった。

「あの遣い手が近くにいれば、神経が波立ってこんなにのんびりとはしていられぬ」

「さようでしょうね」

登兵衛が安堵したように相づちを打つ。

登兵衛は札差だが、江戸に大量に流れ出た安売りの米の出どころがどこか、調べている。例の遣い手というのは、その探索の途上、登兵衛の命を狙ってきた者だ。直之進も実際に戦ったが、上から振られた刀がおくれてくるという、厄介な秘剣を持っている。そのために間合がおかしな具合になる。

あの剣がどうして怖いのか、直之進にもまだわかっていないのだが、恐るべき手練であるのは確かだ。

名はわかっていないが、上に誰かいるのははっきりしている。例の遣い手は、その上の者に命じられて登兵衛の殺害を企てるなどしているのだ。

直之進は、その遣い手から登兵衛を守るために警護についている。

「湯瀬さま、お茶を召しあがりますか」

登兵衛が穏やかにいう。

「ありがたいな。いただこう」

登兵衛が手元の鈴を振る。軽やかな音が響き、すぐに廊下を渡る足音がして、一人の若い男が、失礼いたします、と襖をあけた。

「お茶を二つ頼むよ」

「承知いたしました」

若い男はきびきびとした身ごなしで頭を下げ、襖を閉めた。

茶はさして待つこともなく供された。

「どうぞ、お召しあがりください」

登兵衛にいわれ、ありがとう、と直之進は湯飲みを手にした。

そんなに熱くはいれてない。すすると、ふんわりと茶の旨みが広がる。

ゆったりとした姿勢で茶を飲みほして、登兵衛が湯飲みを茶托に置いた。

「和四郎《わしろう》とはいつからのつき合いだ」

直之進はきいた。

「もうずっと前です」

登兵衛が微笑とともに答える。

和四郎というのは、登兵衛の腹心だ。登兵衛の命を受けて、安売りの米の出どころを探っている。例の遣い手に襲われて、深手を負わされたこともある。そのときは武七《たけしち》という、探索の相棒を殺された。

和四郎の傷はすでに全快している。

登兵衛と和四郎。この主従は明らかに侍だ。侍が札差となって、いろいろと探っている。登兵衛と和四郎の二人は勝手に動きまわっているわけではなく、上にいる誰かの命によっているのは確実だが、その正体は直之進にも明らかにされていない。

何者なのか。

これまでの一切が米に関してのことだけに、幕府の御蔵のことが絡んでいるのではないかと直之進はにらんでいるが、もしそうだとするなら、登兵衛たちに探索を命じている者は九人いる蔵奉行の一人だろうか。

それとも、もっと大物か。蔵奉行の上は勘定奉行だ。もっとも、こちらも八人いる。

「和四郎は大丈夫でしょうか」

登兵衛が心配そうにきく。

「それは探索のことか、それとも命を心配してのことか」

こうして座しているより、直之進には和四郎の手伝いをしたいという気持ちが強い。だが、登兵衛のそばを離れるわけにはいかない。

「あの遣い手がまた襲ってはこないでしょうか」

直之進は顎に触れた。今朝はひげを当たっておらず、ざらざらする。

「十分に考えられる。だが、やつが狙っているのはおぬしだ」

直之進は茶を喉に流しこんだ。

和四郎は直之進の助言もあって、今、倉田《くらた》佐之助《さのすけ》の筋を追いかけている。

額に浮かんだ汗をふいた。

春先というには陽射しがやや強い。じっとして日を浴びていると、汗ばんでくる。

和四郎としては、こういうふうにあたたかなほうがありがたい。寒いときは身が縮こまってしまいがちだが、これだけあたたかくなれば、動くのも容易だ。

仮にあの遣い手に襲われたとしても、なんとか逃げきれるのではないか。

むろん油断は禁物だ。常にあたりに気を配っていなければならない。

ここは関口台町だ。この町は三つの飛び地にわかれているが、その二つ目だ。

目の前に剣術道場が建っている。北山《きたやま》道場と大きく看板が出ている。

かなり盛っているようで、気合と竹刀の打ち合う音が半分あいた連子《れんじ》窓《まど》を突き抜ける勢いできこえてくる。

この道場で倉田佐之助は修行していた。ただ、それも倉田家が取り潰されるまでだ。

直之進によれば、倉田家は小普請組だった。佐之助には兄がおり、その兄が同じ小普請組の友とともに金貸しを副業としていた旗本のもとに押しこみ、脇差で当主を刺して金を奪った。ただ、刺し方が甘かったために当主は一命をとりとめ、その証言から兄と友はとらえられて、二つの家は取り潰しになった。

その後、どういういきさつをたどったかわからないが、佐之助は殺し屋となった。

和四郎はつい最近、例の遣い手に重い傷を負わされたばかりだが、あの遣い手と佐之助が知り合いではないかと直感した直之進の助言にしたがって、ここまでやってきたのだ。

倉田佐之助と例の遣い手。二人はどこで知り合ったのか。

直之進がいうのには、二人は同じ道場の出なのではないか、とのことだ。だとすれば、北山道場の者が例の遣い手のことを知っているのではないだろうか。

和四郎は懐を探り、一枚の紙を取りだした。例の遣い手の人相書だ。一所懸命にやつの顔を思いだし、絵の達者に描いてもらった。

実際、よく似ていると思う。和四郎は夜、あの遣い手に襲われたが、夜目は利く。はっきりとは見えなかったが、こんな顔をしていた。あの遣い手と戦った直之進も、似ている、と太鼓判を押してくれた。

よし、行くか。

和四郎は北山道場に訪《おとな》いを入れた。

若い門人が姿を見せた。汗を手ぬぐいでせわしなくふいている。

和四郎は一礼して、適当に偽名を名乗った。本名をつかっても別にかまわないだろうが、用心に越したことはない。

「ご用件は？　入門ですかな」

門人は和四郎を見つめている。

最近は、どこの道場でも町人が多くなっている。純粋に剣術を習いたいらしいが、侍の真似をしてみたいという気持ちもまた強いようだ。もともと町人は侍に対する憧れが強い。

町人のなりをしている和四郎は首を振った。

「ちがいます。実は人を捜しているのです」

これを見ていただきたいのですが、と人相書を手渡した。

「ご存じありませんか」

若い門人はじっと目を落としている。

「それがしは知らぬが……」

「ほかのお方にもきいていただけないでしょうか」

「その前にききたいのだが、この人はなにをしたのかな」

「手前にとって恩人なのです。以前、助けられたことがあったのですが、お名も告げずに立ち去られ、ずっと捜しているのです」

「ほう、それは殊勝な心がけにござる」

門人は人相書を手に奥へ消えた。

百を数えるくらいのあいだに戻ってきた。すまなそうな顔をしている。

「お役に立てずに申しわけないが、このお方を存じている者はこの道場にはおらぬ」

「さようですか」

「道場主も師範代も、古くからいらっしゃる高弟もご覧になったが、どなたもご存じではなかった」

「お手間を取らせました。ありがとうございました」

深く頭を下げた和四郎は、人相書を返してもらった。門人が嘘をついていないのは肌でわかる。

つまり、と頭をあげて思った。あの遣い手は、この道場で修行したことはないということだ。

それならば、佐之助とはどこで知り合ったのか。

「こちらは他流試合をされますか」

「ほとんどいたさぬ。ときおり同じ関口台町にある大山《おおやま》道場とはともに稽古をすることがあるが」

「大山道場に、このお侍はいらっしゃいませんか」

「それがしは見たことはござらぬ」

それはそうだろう。ともに稽古をする間柄なら、顔を覚えていなければおかしい。

あるいは、と和四郎は思った。あの遣い手がこの近くに住んでおり、北山道場に通っていた佐之助が顔を見知っていたというのは考えられないではない。

直之進は、あの遣い手が秘剣を持っているといっていた。間合をはずして、上段からゆっくりと落ちてくる剣。

その秘剣はあの遣い手自ら編みだしたのか。そうではあるまい。

和四郎は、秘剣を授けた者を捜しだすことにした。

道場を虱潰しに調べていかなければならない。

四

あの遣い手とどこで会ったのか。

佐之助は思いだせずにいる。畳に寝転がり、暗い天井を見続けて考えているが、わからない。名はもともと知らないはずだが、どうして会った場所を思いだせぬのか、じれったくてならない。

歳を取ったということか。

なにかきっかけがほしい。

佐之助は起きあがった。

会いに行くか。

このままこの家にいても、いい考えは浮かびそうにない。

立ちあがり、両刀を帯にこじ入れた。ふと思いついて顎をさする。

ひげを当たっていない。庭に出て、たらいに井戸の水をためた。小柄《こづか》でひげを剃った。

これでよかろう。きれいに剃れたことに満足し、小柄をしまう。

佐之助は戸締まりをし、林の奥にひっそりとたたずんでいる風情の隠れ家をあとにした。

四半刻ほど歩いて、音羽町四丁目にやってきた。

少し胸がどきどきしている。

いるだろうか。

まだ昼前だ。この刻限なら、奉公先の料永には出かけていないだろう。

長屋の木戸を入る。路地をはさんで両側に棟割り長屋が建っている。

路地には誰もいない。洗濯物が風にふんわりと揺れている。

佐之助は急ぎ足で歩き、一軒の店《たな》の前に立った。心を落ち着けてから、障子戸を軽く叩く。

「どちらさまですか」

声がきこえ、胸が高鳴った。

佐之助は黙っていた。声をだすより、このほうが自分がここにいるというのが伝わるような気がした。

障子戸の向こうに影が立ち、そっと障子戸があいた。

「よう」

なんといっていいかわからず、佐之助は千勢に右手をあげてみせた。

唐突にやってきた佐之助に、千勢は驚いていたが、一瞬、顔を輝かせたように見えた。

「なにかご用ですか」

「入れてくれるか」

千勢が体をどける。

「どうぞ」

佐之助は身を入れ、土間に立った。千勢が障子戸を閉める。

いい香りがし、喉元に欲望が這いあがってきた。抱き締めたくなる衝動を押し殺す。

「人相書を描いてほしい」

できるだけ平静に声をだした。

千勢がすり切れた畳にあがり、棚に置いてある矢立《やたて》を手にした。

「座ってください」

佐之助は、いわれるままに千勢の向かいに腰をおろした。千勢は正座しているが、その姿は美しい。いかにも武家の女だ。

「どなたの人相書を」

「名も知らぬ男だ」

千勢がはっとする。

「もしやあのときの……」

「そうだ」

ほんの半月ほど前、千勢の奉公先の料永《りようえい》の主人である利八《りはち》が何者かに殺された。利八の仇を討つ決心をした千勢の警護役を、佐之助はつとめることになった。

千勢の地道な調べで、利八殺しに信濃屋茂助《しなのやもすけ》という者が関係しているのが判明し、佐之助は千勢とともに信濃屋に行った。

そこでちがう筋を手繰って信濃屋にたどりついた直之進とかち合うことになり、あの遣い手を相手に一緒に戦うことになった。

結局、遣い手は逃がすことになったが、千勢は佐之助と直之進が力を合わせて戦った相手のことは知っている。顔は見ていないが、容易ならざる手練であるのもわかっている。

「こちらからききます。それに答えてください」

「承知した」

佐之助は千勢を見つめた。手を伸ばせば届くところにいるのが、信じられない。

なにしろ千勢が江戸にやってきたのは、好きだった男の仇である佐之助を討つことが目的だったのだから。

それが、今ではこういうふうになっている。体のつながりこそないが、いつかそうなるのではないか、という予感が佐之助にはある。

「どうかしましたか」

千勢がきく。

「どうかとは？」

「答えてくれぬからです」

佐之助は、千勢が遣い手の顔について問いを発したのを知った。

「もう一度いってくれ」

「輪郭はどんなでした」

「顎が小さく、頬はそぎ落とされていた」

「やせているのですね」

「かかしが着物を着ている感じだ」

「目は？」

「大きくはなかった。どんぐりのような形というか。瞳は澄んでいたが、感情を映じていないような怜悧さがあった」

そのほかにも鼻の高さ、唇の厚さなど千勢にきかれるままに語った。

「でもどうして、自分で描かないのです。それが一番いい手立てのはずです」

千勢が筆を滑らせつつ、口にする。

「絵心がないんだ」

一瞬、筆持つ手をとめて、千勢がちらりと見た。くすりと笑う。

「おかしいか」

ずいぶんと女らしい笑いをするようになっている。またも抱き締めたくなった。

「らしくありません。とても上手そうに見えるのに」

「もともと不器用なんだ」

「直之進さまもそうでした」

千勢がいって、すぐにすまなそうな表情になった。

「そんな顔をする必要はない」

湯瀬か、と佐之助は千勢から視線をそらして思った。あの遣い手を相手にしたとき、一瞬、心が通じ合ったような気がした。おそらく湯瀬も同じだろう。だからといって、やつを殺さないわけにはいかない。幼なじみの恵太郎《けいたろう》を殺した男なのだ。恵太郎は弟も同然だった。それになにより、最愛の女だった晴奈《はるな》の弟だ。

仇を報じなくては、恵太郎も成仏できまい。病死した晴奈も許してくれまい。

千勢が何度か描き直して、人相書は完成を見た。

「これでどうですか」

佐之助は手に取り、凝視した。

「よく似ている」

「さようですか」

千勢はうれしそうだ。

「ありがとう」

「どういたしまして」

千勢が笑顔で答える。そのまぶしさに、佐之助は腕をのばしかけた。気づいて、すぐにとめる。

少なくとも、千勢は逃げようとはしなかった。黒々とした瞳が見つめてくる。

「見つかりますか」

「きっと見つける。まかせておけ」

数日前、ここで会ったとき、千勢は自分で動きたいと明らかに考えていた。

その気持ちはわかるが、この女が自由に動きまわるとあまりに危なっかしくて見ていられない。無鉄砲で、どこにでも首を突っこみそうなのだ。

佐之助が常に警護につけるとは限らない。万が一ということもあり、佐之助は千勢におとなしくしているようにいったのだ。

千勢は素直にうなずいたが、いまだに動きたいと思っているだろう。

「頼むから、じっとしていろ」

「承知しています」

千勢の顔には、佐之助に対する信頼があらわれている。

仇のはずの俺が、まさかこんな目で見られるようになるとは。

佐之助は軽く咳払いした。

「この男はきっと捜しだす。それが利八の仇を討つことにつながるのなら、骨惜しみは決してせぬ」

利八は安い米のことを調べようとして、殺された。殺したのは、いまだに名の知れぬ遣い手だろう。

墨が乾くのを待って人相書を折りたたみ、佐之助は懐にしまい入れた。

「これからどうするんだ」

千勢にただした。利八が死んで、料永という料亭は傾きかねないはずだ。

千勢が畳に目を落とす。

「今は、お咲希《さき》ちゃんを守り立てることしか考えていません」

お咲希というのは利八の孫娘だ。利八の跡取りといっていい。お咲希に両親はない。七年ほど前に、はやり病で死んだときいている。

「店は大丈夫なのか」

「もちろんです」

千勢は力強くいったが、どこか気がかりがある様子に見えた。

五

では な。

しばらく千勢を見つめ続けてから、佐之助が店を出ていった。

誰もいない路地を急ぎ足で遠ざかってゆく。その歩調は、千勢に悪い噂が立つのを怖れているかのようだ。

そんな気づかいなどいらないのに。

千勢はもう少し一緒にいたかった。

次はいつ会えるのか。

いつだろうと、佐之助が来るのを待つしかない。千勢は佐之助の居どころを知らないのだから。

今なら、どこに住んでいるか教えてくれるかもしれない。

いや、どうだろうか。

知って、もし直之進にそのことをきかれた場合、自分はどう答えるだろう。

佐之助の居どころを知っていて、直之進に教えないのはおかしい。教えてしまうのは佐之助に申しわけない。

佐之助はそのことをわかっていて、きっと教えないのではないか。ただ秘密にしているのとはちがう気がした。

千勢は、佐之助に茶もいれなかったことに気づいた。そのことが、とてもすまなく感じられた。

千勢は湯をわかし、茶をいれた。上等な茶葉ではないが、まずくはない。心を落ち着けてくれる。

今会ったばかりなのに、もう佐之助の顔を見たい気持ちが募ってくる。

しかし、どうしてこんなふうになってしまったのか。

倉田佐之助は仇だ。千勢には、沼里の道場でていねいに教えてくれた藤村円四郎《ふじむらえんしろう》という想い人がいた。

沼里家中の勢力争いのさなか、使番《つかいばん》をつとめていた円四郎は殺し屋の佐之助によって、末席家老の夏井与兵衛《なついよへえ》、夏井の家臣だった古田左近《ふるたさこん》とともに国元で殺されたのだ。

そのときすでに直之進の妻になっていたが、円四郎を失ったあまりの衝撃の大きさに、千勢は呆然とした。円四郎の仇を討つために、直之進にはなにも告げることなく沼里を出た。手がかりなどないままに江戸にやってきたが、意外なほどあっさりと倉田佐之助は見つかった。

それが円四郎の仇を討つこともなく、こういうふうになってしまっている。

さっきだって、佐之助は手をのばそうとした。もしあのまま抱き寄せられていたら、どうなっていただろうか。

身を預けるまではいかなかったにしろ、口は吸われていたかもしれない。

千勢は唇に触れてみた。その感触に、顔が赤くなったのを感じた。本当に佐之助の唇が触れたような気になった。

茶を飲みほし、千勢は軽く部屋の掃除をしてから、少し化粧をした。

長屋を出る。路地に、洗濯物を取りこんでいる三人の女房がいた。

「今から？」

一人にきかれた。

「ええ」

「今日ははやいのね」

「ちょっとしたいことがあって」

「お店、大丈夫なの？」

千勢は笑みを見せた。

「もちろんです」

「そう。いろいろたいへんでしょうけど、がんばってね」

「ありがとうございます」

千勢は長屋の木戸を出た。

料永まではほんのわずかだ。四半刻の半分もかからない。

「お千勢さん」

裏口を入ってきた千勢の姿を認めて、お咲希が庭を駆け寄ってきた。

「あっ、ここではお登勢《とせ》さんて呼ばなきゃいけないんだったね」

千勢は微笑した。

「いいのよ、誰もいないし」

「よかった」

黒々とした瞳が相変わらず美しい。引きこまれるような輝きを帯びている。

「でも、次からは気をつけるわ。——お登勢さん、こっちに来て」

千勢はお咲希に導かれるように濡縁に腰をおろした。

千勢が登勢という偽名を持っているのは、佐之助捜しに本名をつかいたくないという思いからだった。

ここ料亭の料永で女中として働きながら、千勢は自ら描いた人相書を手に佐之助を捜したのだ。想い人を殺した仇でなく、自分の前から失踪した夫だと、店の者や客には話していた。

佐之助が見つかった今、もはや偽名をつかう必要はないが、今さら本名を名乗るわけにもいかず、そのままにしている。

お咲希が本名を知っているのは、千勢がどういうことなのか、わけを話したからだ。むろん詳しくは語っていないが、むずかしい事情があるのをお咲希はさとってくれた。もともと利発な娘なのだ。

「ねえ、お登勢さん」

「なに」

「またいいことがあったの？」

千勢は頬に手を当てた。

「わかる？」

「ええ、とても肌つやがいいもの」

前にも、お咲希には同じことをいわれている。そのとき、千勢は好きな人がいることを教えたのだ。

「お登勢さん、好きな人に会ったのね」

「ええ」

「うまくいっているんだ。いいなあ」

心からうらやましそうにいう。

「お咲希ちゃんはどうなの。水嶋栄一郎《みずしまえいいちろう》さまとは？」

料永の近くに住む武家の子弟だ。まだ十二歳ときいている。

「最近、会ってないの」

「どうして」

利八を失ったために、あまり外に出ていないのかもしれない。

「道場に行っても、いらっしゃらないの」

出かけてはいるのか、と千勢は安心した。そのほうが気が紛れるにちがいない。

「どうしたのかしら。心配ね」

気づくと、お咲希が涙ぐんでいた。

「お咲希ちゃん、栄一郎さまに会えないのがそんなにつらいの？」

「ううん、おじいちゃんに」

常に利八のことは胸にあり、千勢と話しているうちに思いだしたのかもしれない。それとも千勢が利八のことを思いだしたから、その思いがお咲希に伝わったのかもしれない。人にはそういうことがよくある。

「私も会いたいわ」

千勢もいつしか涙が出てきている。

「お千勢さん、泣かないで」

お咲希が本名で呼んだ。

「ありがとう。本当に悲しいのはお咲希ちゃんなのに」

「お千勢さん、これからどうなるのかしら」

お咲希が心許なげにつぶやく。店のことだ。

千勢は、なんとかいい言葉を口にしたいと思ったが、うまく出てこない。

本当にこの店はどうなるのだろう。

幸いにも今、店は傾くようなことにはなっていない。利八子飼いの奉公人たちが、がんばっている。

客足も目立って落ちてはいない。逆に、これからも変わらず贔屓《ひいき》にするから、といってくれる客も多い。

しかし、やはり利八という大黒柱を失ったのは、あまりに大きい。奉公人たちは一所懸命に働いているが、力を合わせて、という感じではない。

誰がこの店の実権を握るか、大名家の派閥争いのようになってしまっているのだ。

利八の死後、どこからともなく利八の弟や姉という、これまで千勢が知らなかった人があらわれるようになった。

利八の実の姉弟のはずなのに、料永を我が物にしたいという欲を丸だしにしたこの二人の醜い争いが、奉公人たちに少なからず影響を与えている。

悪いことに、この姉弟の側に二人の古参の番頭がわかれてしまっている。両名とも甘言につられたのだ。実質のあるじに据える、と二人ともいわれているときいている。

一人は最古参で奉公人たちから信頼されている番頭だが、もう一人は最古参の番頭より商才があるのは確かで、そのあたりを買う奉公人も少なくない。

この二人が力を合わせてくれるのが一番いいが、欲に目がくらんでいる二人には取るべき道が見えなくなっている。

もちろん、お咲希も無関係ではいられない。番頭たちに対するのと同じ甘言をもって、姉弟はお咲希を自分の側に引きこもうとしている。

なんといっても、この店の跡取りはお咲希なのだ。お咲希を手中にしたほうが勝つのは紛れもない。

しかし、まだ幼いお咲希にどうしていいかわかるはずもない。

かわいそうなお咲希ちゃん。

まだ八つなのに、大人の醜い争いに巻きこまれている娘が不憫でならない。

六

「飲め」

島丘伸之丞《しまおかしんのじょう》が湯飲みを指し示す。

「いただきます」

土崎周蔵《つちざきしゅうぞう》は向かいに座っているあるじに一礼してから、湯飲みを取りあげた。

そっと口をつけ、すする。

「どうだ」

「おいしゅうございます」

「そうであろう。いい茶葉を用意させた。おまえに飲ませてやりたくてな」

「ありがたき幸せ」

高級な茶であるのは確からしく、口のなかでの香りのふくらみがこれまで飲んだものとは格段にちがう。ふわりと鼻の奥のほうまで香りが流れてゆく。

「殿はお飲みになりませぬのか」

脇息にもたれて伸之丞がにやりと笑う。

「毒が入っているゆえな」

背筋がひやりとした。このところ、へま続きだ。伸之丞に命じられた殺し一つ、まともに果たしていない。伸之丞なら茶に毒を盛るくらい、ためらいなくやるだろう。

じっと周蔵を見ていた伸之丞が脇息から体を離した。

「冗談よ」

押しだされたように背筋から力が抜けた。

「わしがその茶を飲まぬのは、飲み飽きたゆえよ。感動がないものを飲んでも無駄よ。周蔵、わかるか」

「わかるような気がいたします」

「もっと飲むか」

こういう場合、遠慮しないほうがいいのはわかっている。

「はい、いただきとうございます」

伸之丞が柏手を打つように手を鳴らした。間髪を入れず廊下を走り寄る足音がした。

「周蔵に茶をもう一杯持ってまいれ」

承知いたしました、と家臣が走り去る。

茶はすぐに前に置かれた。家臣が去るのを待って、周蔵は湯飲みを取りあげた。

一杯目より熱かった。

「熱いか」

「いえ、たいしたことは」

「周蔵。一気に飲んでみせよ」

「承知いたしました」

周蔵は湯飲みを傾け、平然と飲んだ。熱さが喉をくぐり、腹に落ちていったときは体をよじりたいくらいだった。

ようやく熱さがおさまった。

冷たい目が見つめている。

「落ち着いたか」

「はい」

伸之丞の顔には満足の色がほの見える。忠誠心を計る試験には合格したようだ。これでまた少し寿命がのびた。

「周蔵。今、我らを捜している者をあげてみよ」

はっ、と周蔵は人名を口にした。

「札差の登兵衛、道場主の中西悦之進《なかにしえつのしん》、そして倉田佐之助です」

「三人とも始末しなければいかんな」

「御意《ぎょい》」

「誰からやる」

この座敷に呼びだされたときから、そういう問いをされるのはわかっていた。

「佐之助は実に手強い男です。なにを生業《なりわい》としているのかわかりませんが、とんでもない手練といってよいと思います」

「佐之助のことは知っているのだな」

「はい、しかしそれは三年前までのことで、あやつの家が取り潰しになって以降、それがしはあやつがどうしていたか、まったく存じませぬ」

「続けろ」

「佐之助だけでなく、登兵衛の用心棒もひじょうに手強い。名を湯瀬直之進といいますが、倉田佐之助にまさるとも劣らぬ遣い手にございます」

「湯瀬は何者だ」

「もともとは沼里家中の者のようです」

「今は禄を離れているのか」

「そういうことだと。今はまだはっきりとはしないのですが、調べは進めております」

「相手のことを知るのは大事よ。思わぬ弱点をつかめるからの」

「まことその通りでございます」

実際、周蔵は湯瀬直之進の弱点を握りたいと思っている。それがやつを倒す一番の早道であろう。

「中西悦之進はどうだ」

「こちらは、まず剣のほうはさして遣えぬものと」

「どうしてだ」

「悦之進夫婦の命を狙って中西道場を襲った際、それがし、師範代と戦いました」

「覚えておる。逃げられたやつだな」

「はっ。取り逃がしたことはいいわけのきかぬ、まったくもってお恥ずかしい話ですが、あの師範代はたいして遣えませんでした。師範代があのざまなら、道場主の腕は知れております。それに、それがしが襲った際、反撃もできず、夫婦ともども外に逃げだしたくらいにございます」

中西道場の襲撃も、むろん伸之丞に命じられてのことで、どういう顛末になったか、周蔵は報告している。

「しかし中西のところは一人ではあるまい」

「もと家臣が五名ついております。そのうち、遣えるといっていいのは、ただの一人かと」

「そいつの腕は？」

「かなりのものといえるでしょうが、佐之助や直之進よりは落ちましょう」

「周蔵、勝てるな」

「楽勝にございましょう」

「頼もしい言葉だ」

仲之丞が笑みを浮かべる。

「だが周蔵、それが口だけにならんようにすることだ」

「承知いたしました」

冷たい汗が背中を伝ってゆく。やはり、このところのしくじり続きを、仲之丞は許していない。

ここは腹をくくって仲之丞の命通りにできなければ、こちらが殺されるかもしれない。

どうしてこんなに仲之丞が怖いのか。どう見ても遣い手には見えない。やり合えばこちらが勝てるのはまちがいないように思える。

おそらく、と周蔵は思った。底知れなさが俺を怖れさせているのだ。勝てるという確信を抱かせないところが、怖くてならないのだ。実際にやり合ったら、俺は本当に負けるかもしれぬ。

「町方も我らを追ってきているな」

周蔵の心のうちなど気づかないかのように、穏やかな口調で伸之丞がいう。

「その通りにございますが、こちらはまず大丈夫だろうと考えております」

「どうしてだ」

「仮にこの屋敷が囲まれたとしても、やつらは臆病者ぞろいです。まず囲みを破れると考えて差し支えないと存じます」

伸之丞があけ放たれた障子から庭を見た。周蔵もつられるように目を向けた。外は暮れはじめ、かすかに暗さが忍び寄ってきている。それでもいっときよりだいぶ日がのびたこともあり、夜が訪れるのはまだ半刻以上も先だろう。

「となると、追ってきている三人のなかで、最も弱いのは自明よな」

「はっ」

「弱いところから潰してゆくのは兵法の常道よ」

伸之丞がにやりと笑う。相変わらず酷薄そうな顔だ。

「手立てはあるのか」

「すでに考えてございます」

伸之丞が満足げに脇息にもたれる。

「わかった。まかせよう」

伸之丞が周蔵のほうに顔を寄せてきた。

「だが周蔵、その前にせねばならぬことがあるぞ。例の三人、張られているようだ」

周蔵は額を畳につけるように頭を深く下げた。

「承知しております。こちらはすぐになんとかいたします」

七

あたたかくて風が気持ちいい。

桜の花はまだだが、春真っ盛りを思わせる陽気だ。

あと半刻ほどで日暮れというのにこれだけあたたかいと、体がのびやかになる。

平川琢ノ介《ひらかわたくのすけ》はあくびとともに、大きくのびをした。

天下の大道でそんな真似をしている浪人が珍しいのか、行きかう人がくすくす笑って通りすぎる。

そんなことを琢ノ介は気にしない。気にするのは、ふつうの侍たちだ。わしは浪人よ。そんな堅苦しい真似は似合わぬ。

春風に吹かれて琢ノ介は歩き、ゆったりと揺れている暖簾の前に立った。

ここに来るのも、ずいぶんと久しぶりのような気がする。琢ノ介は暖簾を払った。

「いらっしゃいませ」

明るい声が降りかかってきた。

「あら、平川さま」

一段あがったところからいったのは、この店の三人姉妹の一人であるおきくだ。

「おう、おきく。相変わらずきれいだな」

「平川さま。私が誰かおわかりですか」

「むろんよ。いつからのつき合いだと思っている。おきくとおれん、見わけがつかぬ双子と申しても、わしにはもう鳥と鶴くらいのちがいがわかる」

「あら、どちらが烏なのですか」

「どちらも鶴のように優美さ。烏というのはたとえにすぎぬ」

店囲《たながこ》いのなかで、おきくが身じろぎした。そんな仕草も、娘らしいにおいが香ってきそうで、鼻をうごめかしたくなる。

「平川さま、道場はどうされたんです。まさかくびに？」

「たわけたことを申すな。今日は休みをもらったんだ。わしにとってはたまの休みだからな、顔をだしてやったんだ」

中西道場ははやっている。門人はさらに多くなっている。

そのために、たまには休まないと、さすがに体がもたない。若いときのようにいかないのは当たり前だが、理由はそれだけではない。

体がきつくなっているのは、日に日に門人の弥五郎《やごろう》が強くなってきて、相手をするのが本当にくたびれるのだ。このままではいずれ凌駕されるのはまちがいない。

弥五郎は町人なのだが、素質は琢ノ介の比ではない。こてんぱんにされる師範代というのは、夢見がいいものではなかった。

「そうですか。平川さまのお顔を拝見できて、うれしく思います」

「直之進だったら、もっといいと思っている顔だな」

「それはそうです」

「はっきりいうな。やつは今も的場屋のところか」

「はい。向こうのご主人が湯瀬さまをお放しにならないようですよ」

「主人は登兵衛だったな。命を狙われている以上、仕方あるまい」

「湯瀬さまは大丈夫でしょうか」

「的場屋を狙っているのは、相当の遣い手だ。もっとも、遣い手といえば湯瀬も同じだ。そうたやすくやられるはずがない。安心していい」

「さようですか」

おきくは心からほっとした顔を見せた。本心から直之進に惚れているんだな、と琢ノ介は思った。

惚れているのなら、おれんも同じだろう。直之進はどちらを選ぶつもりなのか。それとも、まだ千勢に未練があるのか。

「米田屋は外まわりか」

琢ノ介は話題を変えた。

「ええ、今日もたくさん注文をもらってくるって張りきって出ていきました」

「歳なのにがんばるな」

「もう五十七ですからね。でも本人にはそんな気持ち、まったくないようですよ」

「気持ちを若く持つというのは、とてもいいことだ」

おきくが口許を押さえて、小さく笑う。

「なにがおかしい」

琢ノ介はさとった。

「わしのことだな。老けている、といいたいんだろう」

おきくは、穏やかな笑みをたたえているだけだ。

「わしの場合、気持ちは若いが、若くして苦労が絶えなかったからな、老けているのは仕方ないんだ」

「そうですか。すごく苦労されたのですね」

「おいおい、そんなに老けているか」

さすがに心配になる。

「いえ、それほどでも。でも四十すぎに見えるのは本当です」

「勘弁してくれよ。わしは二十八だぞ」

「存じています。湯瀬さまと同い年ですね」

「あいつは若く見えるな。あまり考えてないからな」

「平川さまのほうが、なにもお考えになっていないように見えます」

「まあ、そういうことにしておこう。おきく、夕飯を食わせてくれるか」

「そういうことだと思っていました。おれんちゃんにいってきます」

「いや、わしが行こう」

琢ノ介は雪駄を脱ぎ、勝手知ったる我が家のごとくあがりこもうとした。

「平川さま、それには及びませんわ」

奥暖簾から顔を突きだしてみせたのは、おれんだ。

「平川さまのお声は大きくて、すべて筒抜けですから」

「安普請の家にもいいところがあるな」

夕餉の支度はできていたようで、琢ノ介の前にさほど待つことなく膳が運ばれてきた。

運んできたのはおあきだった。

「おあきさん、元気そうだな」

おあきがにっこり笑う。おきく、おれんとはちがう大人の笑みに、琢ノ介はしびれそうになった。

「どうかされましたか」

「いや、おあきさんがあまりにきれいなんで、目がくらんだ」

「ま、お上手を」

「祥吉《しょうきち》は大丈夫か」

琢ノ介は小声できいた。

「おかげさまで、だいぶ元気になってきました」

「そうか、そいつはよかった」

祥吉というのはおあきの五歳のせがれだが、父親の甚八《じんぱち》が、女郎屋のいざこざで殺されて以来、あまり口をきかないのだ。

おあきと祥吉は、甚八が死んだあともしばらくのあいだは前の家を離れたがらなかったが、光右衛門の人手がほしいという説得によってこの家に移ってきたのだ。

おれん、おきくも手伝って膳が次々に運びこまれる。膳の上にのっている主菜は、三尾の鰯の丸干しだ。

「魚とは豪勢だな」

ため息をつくようにいってから、琢ノ介は部屋を見まわした。

「米田屋がまだだが、勝手にはじめていいのか」

「平川さま、ご心配には及びません」

おあきが笑顔で首を振る。

「鼻がききますから、においにつられてすぐに戻ってきます」

おあきがいった直後、帰ったよ、という声が表からきこえてきたので、琢ノ介はびっくりした。

「犬みたいだな」

「誰が犬みたいなんですか」

光右衛門がのっそりと入ってきた。

「米田屋、久しぶりだな」

「そうでございますね」

光右衛門が柔和に笑う。細い目がなくなってしまう。

おあき、おきく、おれんの三人姉妹が目の前にそろっている。琢ノ介は目をぱちくりさせた。壮観としかいいようがない。

「しかし米田屋、どうしてこの三人がおぬしの娘なんだ。本当に実の娘か」

「当たり前でございますよ。三人とも手前にそっくりじゃありませんか」

えー、と声をあげたのはおきくたちだ。

「当然の声だな」

「まあ、手前に似ていないのは認めますが、実の娘というのは本当でございますよ」

「そうなんだろうが、やはり信じがたいな」

光右衛門が戻ってきたのを知ってか、祥吉もやってきた。

「祥吉、元気か」

琢ノ介が声をかけると、祥吉は、うん、と大きな声で答えた。

ああ、子供らしくなっているな、と琢ノ介はうれしかった。

おあきと祥吉の二人がおいしそうに食べはじめたのを目の当たりにして、琢ノ介は食事がさらにうまさを増したように感じた。

八

稽古が終わった。

門人たちは、ありがとうございました、と道場を次々に出てゆく。

中西悦之進は、気をつけてな、といってすべての門人を見送った。

今日、琢ノ介は休みを取っている。ずっと働きづめだったから、いい休養になったのではあるまいか。

あまり根をつめて、体を壊されるのも困る。休みを取るよう、悦之進がいったのだ。

琢ノ介はこころよく受けてくれ、朝からうれしそうに出かけていった。どこに行ったのかは知らない。

独り者だから、悪所かもしれない。とにかく、存分に羽をのばしてほしかった。

ただし、琢ノ介がいない道場は、なんとなく活気がなかった。門人たちもどことなく元気がなかった。物足りないというのか、寂しげな色が漂っていた。

特に、今、道場のなかで最も腕が立つといっていい弥五郎は残念そうだった。弥五郎には申しわけないが、今の自分では相手にならない。弥五郎は稽古を望んできたが、悦之進は正直にそのことを話して断った。

弥五郎はいやな顔をせず、琢ノ介の代わりに、入ってきたばかりの門人たちにいろいろと教えていた。その教え方は、琢ノ介そっくりだった。

琢ノ介がなくてはならない人であるのを、悦之進はあらためて知った。

誰もいなくなった道場には、暗さが立ちこめている。そのなかで悦之進は、木刀を思いきり振った。

腕はなく、門人たちへの教えは琢ノ介に頼りきってはいるが、これでも道場主だ、剣の心得をまったく忘れるわけにはいかない。こうして誰もいなくなった道場で木刀を振ることを、ほぼ毎日の日課にしている。

道場と奥をつなぐ板戸があいた。妻の秋穂《あきほ》が姿を見せる。

「平川さまがいらっしゃらないと、道場の雰囲気がちがいますね」

秋穂も同じ思いを抱いている。

「きこえてくる気合ののりといいますか、それが格段にちがいます」

「本当にその通りだな」

「平川さまには心から感謝ですね」

「ああ、その気持ちを忘れてはいかんな。ここ最近、門人が増えてきているのも平川さんのおかげだろう」

「教え方が上手なんですか」

「それもあるが、人柄だろうな。あの人にはまわりを明るくしてくれる才がある」

「本当にそうですわね」

秋穂が外を見るような目をした。

「今、なにをされているのでしょう」

「さあ、酒でも飲んでいるのではないかな」

「悪所でしょうか」

「かもしれん。いやか」

「いえ、そのようなことは。男の人はそのような場所がお好きなのでございましょう？」

「まあな」

「あなたさまもですか」

「わしはそうでもない。わしは、おまえがいてくれればそれでよい」

本心だ。秋穂と一緒になる前、友と一緒に何度か行ったことはある。だが、悪所に足を運んだのはそれだけだ。

蔵役人だった父が策略にはまり、家が取り潰しになって悪所どころでなくなったのは事実だが、秋穂をめとってその気がなくなったのだ。

秋穂が外に目をやる。

「皆さん、もういらっしゃいますね」

「うん、暗くなってきたし、じきだろう。夕餉はできているかな」

「ええ」

「なにを食べさせてくれるんだ」

「魚です。いい鯵を買ってきました。叩きと塩焼きにしました」

「そいつは豪勢だ」

「皆さんの喜ぶ顔を見たくて」

「ありがとう」

悦之進は入口に顔を向けた。

「来たようだ」

失礼します、と五人の男たちがぞろぞろとあがってきた。一番前にいるのは、矢板兵助《やいたひょうすけ》だ。武田尽一郎《たけだじんいちろう》たちが続いている。

あとは巻田甚六《まきたじんろく》、長岡久太郎《ながおかきゅうたろう》、仲谷彦之助《なかたにひこのすけ》の三人だ。

この五人は、もと中西家の家臣だ。取り潰しになってからも、悦之進のことを若殿と呼んでくれたりする。それだけでなく、大金を着服したという濡衣を着せられて腹を切った悦之進の父君之進《きみのしん》の仇討をしようと、君之進の死から五年ものあいだ、手を尽くして調べてくれている。

感謝以外の言葉が見つからない。

兵助たち五人のおかげで、父親の仇の一人である信濃屋儀右衛門《しなのやぎえもん》をあの世に送ることができた。

名も知れぬ遣い手による口封じだから、仇討とは呼べないかもしれないが、とりあえずそこまで追いつめたのは素直に喜ぶべきだろう。なにもしなかったら、それすらもできなかったのだろうから。一歩、前に進めたのはまちがいない。

むろん、これで父の仇討は終わったわけではない。信濃屋儀右衛門の上に位置する者がいる。これを討ってこそ、無念の思いで切腹してのけた父の仇を報ずることになる。

「よく来てくれた」

悦之進は秋穂とともに五人を出迎え、座敷に招き入れた。男たちは悦之進を中心に車座になった。

秋穂が台所から膳を運んできた。

「それがしも手伝いますよ」

膳を見て、鯵ではないですか、とうれしそうな声をあげた兵助が立ちあがり、悦之進の前に膳を置いた秋穂のあとを追いかける。それがしも、といって尽一郎も台所に早足で向かった。

「兵助、昨日の鰺はうまかったなあ」

尽一郎が小声で話しかけてきた。

「ああ、うまかった」

鰺の叩きと塩焼き。どちらも新鮮で、特に叩きのほうは脂ののりがひじょうによかった。塩焼きも身を噛み締めると、甘みがにじみ出てきた。

「兵助、おぬし、何杯おかわりしたんだ」

「五杯だったかな。たいしたことはない。尽一郎こそ七、八杯は食べただろうが」

「飯も味噌汁も最高だったからな」

兵助は深くうなずいた。

「秋穂さまは包丁が達者だな」

「中西家に嫁いできた頃からそうだったか」

「おぬしにいうまでもないが、中西家は七百石の旗本の家だったから、台所で働く奉公人はいくらでもいた。秋穂さまも同じような石高の家から嫁いでいらした。中西家が取り潰される前までは、おそらく包丁を握ったことはまずなかっただろう」

矢板兵助と武田尽一郎の二人は、一軒の旗本屋敷の前にいる。下谷山伏町だ。八町ほど東に浅草寺がある。

目の前の屋敷は武家町と町地の境目に建っていて、兵助たちのいるのはこぢんまりとした町地だ。

一軒の水茶屋があり、兵助たちは縁台に腰かけて屋敷を見張っている。屋敷のあるじは御蔵役人の一人で、名を高築平二郎《たかつきへいじろう》という。石高は三百四十石。

平二郎はここ最近、羽振りがいい。どう考えても石高に見合った金づかいではない。

それで兵助たちは目をつけたのだ。今日、平二郎は非番で、屋敷にいるはずだった。

「昨日、あれから出かけなかったかな」

尽一郎が茶を喫していった。気がかりが面《おもて》にあらわれている。

「出かけなかったのを祈るばかりだな」

本来なら、昨日、悦之進夫妻の馳走になるべきではなかった。ずっと高築屋敷を張っているつもりだったが、悦之進がどうしてもというので、はやめに張りこみを切りあげて中西道場に向かったのだ。

昨日の朝、平二郎は出仕した。そのあとを兵助たちはむろんつけた。

その後、仕事をつつがなくこなしたか、平二郎は四つ頃に屋敷に戻ってきたのだ。張りこんで昨日で三日目だが、屋敷に帰ってから平二郎はこれまで一度も出かけていない。

仮に昨夜、高築平二郎が出かけ、誰かと会っていたとしたら、こちらの運がなかったとしかいいようがないだろう。

だが、五年間の探索が無駄でなかったのが最近ははっきりしてきており、その上に湯瀬直之進や平川琢ノ介といった腕利きが力を貸してくれるようになった。これは、これからも事がうまく運ぶことを暗示しているにちがいない。

特に、直之進と知り合えたのはとても大きい。あれだけの遣い手が探索に加わってくれるというのはありがたいことこの上ない。

もっとも、今は札差の用心棒をつとめているから、会うことはできない。

「それにしても、湯瀬さん、強いよなあ」

高築屋敷に目を向けて、尽一郎が静かな口調でいった。まるでこちらの気持ちを読んだかのようで、兵助は少し驚いた。

「この前、湯瀬さんとやり合って、兵助、どうだった」

尽一郎が興味深げに顔を向けてくる。尽一郎も兵助ほどではないが、かなり遣える。

「すごい。それしかいいようがない」

「俺は兵助に歯が立たぬ。その兵助がそれだけいうのだから、本当にすごいのだろうな」

「この世は広いよ」

「湯瀬さんより強い人っているのかな」

「考えもつかんが、いにしえの宮本武蔵などはその類の者かもしれんな」

あたたかないい日和だ。風は少し冷たさがあるが、身をすくませるほどのものではない。あたりの木々も気持ちよさそうに枝を揺らしている。

じき昼だ。腹が減った。この水茶屋では長っ尻でいなければならないために、団子や饅頭を次々に注文してきたが、高築屋敷を張って四日目ともなると飽きがきて、今日は茶だけをひたすら飲んでいる。

茶を飲むと厠《かわや》が近くなって困るが、この水茶屋は気安く厠を貸してくれるのがありがたい。

兵助たちが飲み食いばかりしているのを、看板娘や奥で饅頭などをつくっているじいさん、ばあさんたちは、なにか理由があるとわかっているはずだが、別になにもいってこない。面倒を怖れているのか、それとも兵助たちの人柄を信用してくれているのかわからないが、とにかくありがたいことだった。

「おっ、ひらいたぞ」

尽一郎が小声でいい、顎をしゃくった。

兵助はなにげなく顔を動かした。

高築屋敷の門が大きくひらき、侍の一行が出てきた。四名だ。

まんなかにいるのが平二郎だ。供には侍が一人に中間が二人、ついている。

兵助は茶店の看板娘に代を支払った。

「ありがとうございました」

その声に送られ、兵助たちは空腹を忘れて歩きだした。

着いたのは料亭だ。大勢の人でごった返す浅草広小路をすぎ、大川に架かる吾妻橋を渡る直前、平二郎たちは左に折れ、一軒の料亭の暖簾を払ったのだ。二人の中間は外に残し、供侍だけが平二郎のあとに続いた。

このあたりは、と兵助は思った。浅草花川戸町になるのではないか。

料亭は鈴川《すずかわ》といった。建物は歴史を感じさせる風情があり、高級そうな雰囲気を醸している。三味線の音がきこえてくる。昼から酒を飲める金持ちが入っているようだ。

どう見ても、御蔵役人程度がそうそう暖簾をくぐれるような店ではない。

平二郎は誰かとこの店で待ち合わせたのか。今から、その人物と飲みはじめようというのか。それとも一人なのか。

一人というのは考えにくく、兵助としては調べたいが、鈴川の入口脇で座りこんだ二人の中間にきいても答えないだろう。逆に、調べていることを平二郎に知られるのが怖い。

客として入りたいが、鈴川には一見《いちげん》の客では入れてもらえそうにない敷居の高さを感じる。

しかし、ここはなんとかしないと。

兵助は腹をくくった。

「尽一郎、金はあるか」

「入るのか」

「それしかあるまい」

尽一郎が財布を取りだす。

「すまん、二分しかない」

「俺も二分ある。一両あれば、なんとかなるさ」

「どうかな。この手の料亭は、本当に目の玉が飛び出るほどどらしいぞ」

兵助は、暖簾を払おうとしている侍に目をとめた。いかにも裕福そうな侍で、でっぷりと太っている。供を八名ほど連れていた。

「あの男かな、待ち合わせたのは」

尽一郎がつぶやく。

「かもしれん。ここで待っていてくれ」

その場を離れた兵助は、供侍たちの最後尾についた。供のような顔をしてなかに入る。

首藤《しゅとう》さま、お待ちいたしておりました。土間で奉公人が小腰をかがめて、侍を出迎える。

「大岩《おおいわ》どのはもう？」

首藤と呼ばれた侍が奉公人にきく。

「いえ、まだいらっしゃっておりません」

「それなら、先にやっているとしようか。酒と肴を適当に持ってきてくれ」

首藤は廊下をのんびりと進んでゆく。

待ち合わせの相手は大岩といったな。

となると、平二郎の相手は首藤ではない。まさか平二郎が偽名をつかっているということはあるまい。大岩というのは、首藤の友なのだろう。

「もし」

兵助は鈴川の奉公人に呼びとめられた。どうやら身なりが異なっているのを見咎められたようだ。

「あの、お侍、なにかご用でしょうか」

ていねいだが、どこか見くだしたような口調だ。

「ここであるお方と待ち合わせている」

「あの、差し支えなければ、どなたかお教え願えませんでしょうか」

平二郎の名をだすべきか、兵助は迷った。得策ではないような気がした。

「書院番の伊呂波さまだ」

　適当な名をいった。

「いろはさま？」

　兵助は漢字を教えた。

「伊呂波さま。はて、伊呂波さまはこちらをよくご利用なのですか」

「利用している。だから、それがしはここに呼ばれたんだと思う。名をいえば通してくれる、ともおっしゃっていた」

「しかし、伊呂波さまというお方に心当たりはございませんが」

「そうか。おかしいな」

　兵助は首をひねってみせた。

「待たせてもらってよいか」

「それはちょっと。うちは、どなたかのご紹介がないと」

「一見は駄目か。武家より堅苦しいな」

「畏れ入ります」

　つまり、と兵助は思った。平二郎は誰かの紹介を受けたことになる。なまなかの者ではこれだけの料亭の常連にはなれまい。

それが何者か、ここで調べることはできそうもない。この奉公人だけでなく、全員がよくしつけられていて口はかたいだろう。

今、平二郎と関係がありそうな者を一人一人調べている最中だ。

それは兵助、尽一郎以外の三人の仕事だった。

九

樺山富士太郎は箸を丼の上に置いた。そのつもりだったが、箸は落ちて座敷の上に転がった。

「どうしたんですかい」

中間の珠吉《たまきち》が箸を拾いあげていう。

「見合いのことですかい」

「そうだよ」

「そんなにいやなんですかい」

珠吉が富士太郎の丼を見つめる。

「大好きな鰻丼ですよ。半分も減ってないじゃないですか」

「だって喉を通らないんだもの」

「鰻丼を食べたいっていったのは、旦那ですよ」

「鰻なら食べられると思ったんだよ」

「残すんですかい」

「そんな罰当たりな真似はしないよ。全部食べるけど、ちょっと休んでいるだけだよ」

「それならいいんですけどね」

富士太郎は中間の珠吉を連れて、町々の見まわり中だが、昼をすぎて手近の一膳飯屋に入ったのだ。この店の売りが鰻丼であるのは以前から知っていて、これまでにも何度か暖簾をくぐったことがある。

売りというだけあってとてもおいしい鰻丼だが、今日は正直、味がわからない。舌がどうかしてしまったのでは、と思えるほどだ。

「でも旦那、会うだけならいいんじゃないですかい」

「もう決まったよ」

「えっ、見合いの日取りですかい。いつなんですか」

「次の非番の日さ」

「じゃあ、じきですねえ」

「あと五回、お日さまがのぼってくれれば、その日がやってくるよ」

珠吉がにんまりと笑いかける。

「楽しみじゃないですか」

「冗談じゃないよ」

富士太郎は気色ばんだ。

「旦那、そんなに目をつりあげなくても」

「えっ、そうかい」

富士太郎はあわてて目のあたりをさすった。

「怖い顔にはなりたくないからね。直之進さんにきらわれちまう」

「前からいってますけど、旦那、湯瀬さまは旦那のことをきらってなどいませんよ。でも、それは友として見ているだけにすぎません。このあたりで湯瀬さまのことはあきらめて、身をかためることを本気で考えたらどうですかね。いい機会ですよ」

「身をかためるだなんて、そんなこと、考えたくもないよ」

富士太郎は箸を手にした。鰻をほおばる。

「おいらが身をかためるとしたら、相手はたった一人だよ」

「だから、それは旦那、無理ですって」

「あきらめずにいれば、いつかきっと熱意が通じるさ」

「無理ですよ。湯瀬さまにその気はありませんから。あんないい男、おなごのほうが放っておきませんて」

「ふん、女なんかに負けるもんかい。きっとおいらが勝ってみせるよ」

富士太郎は飯粒を飛ばす勢いでいった。

「旦那、食べるのとしゃべるのを一緒にするのはやめてください」

珠吉が頬についたいくつかの飯粒を取る。

「ああ、すまなかったね」

富士太郎は下を向き、鰻丼を食べるのに専念した。

先に食べ終えたのは珠吉だった。満足げに茶を喫している。

少しおくれて、富士太郎も食べ終えた。静かに箸を置く。満腹になったら少しは気持ちが落ち着いたが、見合いのことを考えるとやはり心は重くなる。

「こんなことというと、不謹慎だって珠吉に叱られるかもしれないけどさ」

「なんです」

珠吉が湯飲みを畳におろした。

「いや、なにか大きな事件が起きてほしいなあ、と思っちまったんだよ」

「そうすれば、非番など吹き飛んでしまうからですね」

「そんなことを考えるなんて、定廻り同心として恥ずかしいことだと思うんだけどね」

珠吉が案ずる瞳になった。

「本当にいやなんですね。断れないんですかい」

「断れるわけないだろう」

富士太郎は強い口調でいった。

「そうですねえ」

珠吉が納得した顔を見せる。富士太郎の母親が怖いのをよく知っているのだ。

「長居されても店も迷惑だね。珠吉、出ようか」

富士太郎は二人分の代を支払った。鰻丼は高いところでは二百文するが、この店はだいぶ安く、八十文だ。それでも、ふだんの昼飯よりかなり高直《こうじき》だ。

「いつもありがとうございます。ごちそうさまでした」

珠吉が礼をいう。

「いや、なんてことないよ」

富士太郎は歩きだした。

「珠吉、あたたかくていいねえ。じき花も咲くねえ。また花見をやろうかね」

「いいですね。湯瀬さまも呼びますか」

「当たり前だよ」

口調はのんびりとしているが、富士太郎は早足だ。町をめぐるときは、さっさと歩かなければならない。

ふと一軒の米屋に目がいった。

「珠吉、もう安い米を売っている店はないのかな」

「信濃屋儀右衛門が死にましたからね。安売りの米を卸す者はいなくなっちまったことになりますね」

「ただ、珠吉。安売りの米がなくなっちまったわけじゃあないんだよね」

「ええ、そうでしょうね」

「今もまだどこかにあるのなら、信濃屋儀右衛門を口封じした者はさ、また売りにだそうと企んでいると思わないかい」

さようですねえ、と珠吉がいった。

「仮に信濃屋が卸しの一番手として、二番手を考えてなかったとは思えませんものねえ」

「そうだろう」

「じゃあ、米屋も当たってみますかい」

「うん。江戸に米屋がどのくらいあるのか、知らないけれど、そのくらい徹底してやったほうがなにかつかめるかもしれないからね」

さっそく目の前の米屋に入ってみた。だが、安売りの米のことはまったく知らない様子だった。

「まあ、最初はこんなものだね」

富士太郎はめげない。

「旦那、鍛えられているうちに、ずいぶんとたくましくなりましたねえ」

「珠吉、前にもいったけど、おいらにはほめ言葉じゃないよ」

「ああ、そうでしたね。旦那はたくましくなんてなりたくないんだった」

「筋骨隆々になんてなったら、直之進さんにきらわれちまうからね」

「あっしは体のことじゃなくて、心のことをいったんですよ」

「わかってるよ。おいらは、心もたおやかでいたいのさ」

「たおやかですかい。本当におなごみたいなものいいですねえ。仕事さえしっかりやってくれれば、あっしは文句はいいませんよ」

「それにしても会いたいねえ。今どうしているのかねえ」

「的場屋さんに張りついているはずですよ」

「わかってるよ。的場屋さんがうらやましいねえ」

富士太郎と珠吉は、例の遣い手の人相書を自身番につめている町役人《ちようやくにん》たちに見てもらうと同時に、米屋もききまわった。

だが、結局はなんの手がかりも得られないままに夕暮れを迎えることになった。

十

遠くで人の気配がした。

登兵衛と将棋を指していた直之進は、畳に置いてある刀を手にした。

王手をかけてのんびりと茶を喫していた登兵衛が、おや、という顔で直之進を見る。

お帰りなさいませ、などという声が門のほうから風にのってきこえてきた。

「和四郎が帰ってきたようですね」

「そのようだ」

直之進は刀を畳に戻した。

刻限は六つ前という頃だろう。外はだいぶ暗くなってきていて、あけ放たれた障子の先の庭の木々も見えにくくなっている。

だが、寒さは感じない。庭を吹く風は穏やかなあたたかみをはらんでいて、気持ちをのびやかにしてくれる。

「しかし、さすがでございますね。気配を感じられたのですか」

登兵衛が敬意をこめた瞳で見る。

「気配は耳に届くのでございますか。それとも、なにか別の形でございますか」

「そうさな」

直之進はなんと答えようか考えた。実際、気配がどういうふうに伝わるかなど、これまで思ったことはなかった。

「なんというのかな、肌で感じるといういい方が一番近いだろう」

「肌がざわつくとか、そのような感じでございますか」

「頭のなかではっと感じるときもあるし、背筋が冷たくなるときもある。俺には気配を察するというのがどういうものか、正直、わからぬ」

「さまざまな形を取るものなのでございましょうなあ」

登兵衛が盤面に目を落とす。

「手前の勝ちは動きませんな」

「そうでもないさ」

直之進は王手からまず王を逃れさせた。うまいところに逃げますなあ、といって登兵衛がしばらく考えた末、銀を打った。王手をかけたかったのだろうが、その手はない。

直之進はすっと持ちあげた金を、登兵衛の玉の右上に打った。

「これでどうかな」

「あっ」

苦い物でも噛み潰したように登兵衛が顔をしかめた。

「やられました。……これで五戦全敗ですか。湯瀬さまはお強い」

直之進はにやりと笑いかけた。

「俺が強いのではないかもしれんぞ」

「手前が弱すぎると?」

「それはいわんでおこう」

直之進は駒を袋にしまい入れた。さすがに登兵衛の持ち物だけに上等だ。将棋盤も分厚く、いったいいくらするのだろう、と考えてしまうような代物だ。

廊下を滑るような足音がきこえてきた。その足音がとまり、ただいま戻りました、という声がかけられる。

「入りなさい」

襖が音もなくあく。

「失礼いたします」

一礼して和四郎が入ってきた。登兵衛の前に正座する。直之進にも会釈してきた。直之進は返した。

ご苦労だったね、といって登兵衛がたずねる。

「なにか収穫はあったかい」

はい、と和四郎が話しだす。

「昨日に引き続き、今日も北山道場のあたりを調べてみました。しかし例の遣い手があの道場にいたとか、近くの道場にいたというのはないようです」

「そうか」

直之進はつぶやき、和四郎に謝った。

「すまぬ。無駄足を踏ませた」

「いえ、決して無駄足ではございません」

登兵衛がやんわりと否定する。

「北山道場が無関係であるという事実がはっきりしただけでも、前に進んだものと手前は考えております」

登兵衛は和四郎を見、続けるように命じた。

「今日は北山道場の近く以外でも、道場をだいぶ当たりました。しかし例の遣い手が通っていた道場にはぶつかりませんでした。明日も道場を調べ続けようと思っています」

「湯瀬さま」

登兵衛に呼ばれた。

「なにかいいお考えはございますか」

「そうさな」

直之進は考えこんだ。

「昨日、和四郎どのも申していたが、やつはあの秘剣をどこで得たのか。一人で得たとは思えぬ。和四郎どの、江戸の剣術に詳しい者はおらぬか。そちらを当ったほうが、江戸にいくつあるかわからぬ剣術道場を当たるより早道かもしれぬ」

和四郎が登兵衛を見た。登兵衛が眉根を寄せ、思いだそうとする顔をつくる。

「江戸の剣術に詳しい者ですか……」

「心当たりがあるかな」

登兵衛が顔をあげた。

「きいてみようと思います」

登兵衛の上に位置する者にきくのではないか。そんな気がした。

「あと一人訪ねるべき人物がいる」

直之進は二人にいった。

「誰でございますか、その人物とは」

和四郎がきく。直之進は名を静かに口にした。

「わかりました。明日、さっそく訪ねてみます」

和四郎の報告はそれで終わり、登兵衛が他出の支度をはじめた。これは昨日からいわれていたことで、登兵衛は料亭に出かけるのだ。

暗くなってからの他出は避けたほうがいいだろうが、集まるのは十人ほどの札差で、忙しい者が多く、はやい刻限ではどうしても顔をそろえられないとのことだ。

直之進がまず別邸のくぐり戸を出た。怪しい者が近くにいないか、そっと気配を嗅いでみる。

大丈夫だ。この別邸を張っている者はいない。

直之進は登兵衛を呼んだ。

登兵衛が出てきた。うしろに和四郎が続く。

「では、まいりましょうか」

登兵衛がいい、和四郎が提灯を手に先導をはじめた。登兵衛ほどの商人なら、宝仙寺《ほうせんじ》駕籠《かご》に乗ってもいいだろうが、駕籠は逃げだす際に徒歩よりもときがかかる。それが命取りになりかねず、直之進はとめたのだ。

「例の遣い手、襲ってまいりますかな」

登兵衛がささやく。

「わからぬが、来ると思っていたほうがよかろう」

直之進は神経を張りつめている。それは、先頭を行く和四郎も同じようだ。

「今宵の会合だが、信用できる者ばかりなのか」

「それはもう大丈夫です」

登兵衛はいいきった。

「しかしおぬし、札差としては新顔だといったが、信用できる相手かどうか、確かめるだけのときがあったのか」

「そうおっしゃられますとつらいものがございますが、手前は札差が一枚岩であると信じております」

結局、なにごともなく料亭に着いた。田端村から四半刻ほどだ。

「ここはなんという町だ」

直之進は和四郎にきいた。

「本郷二丁目です」

夜のとばりはすっかりおりてきているが、多くの町人が行きかっている。立派な身なりをした侍の一行も頻繁に通る。

直之進は、明るい灯を放つ料亭の提灯に視線を当てた。赤々としているなかに、黒字でくっきりと沢辺と見える。

登兵衛にきくと、さわべ、と読むとのことだ。

広い料亭だ。暖簾をくぐると、白い敷石が続いていた。庭には灯籠や変わった形の岩が配置されている。

その先にまた暖簾があった。入口を入ると、黒い石が敷きつめられ、壁際に置かれた燭台のろうそくの火が揺らめいていた。夜に慣れた目には、まぶしすぎるほどだ。

雪駄を脱ぐと下足番がやってきて、大事そうに雪駄を手にした。

「ようこそお越しいただきました。こちらにどうぞ」

女中にいわれるままに直之進たちが進むと、手すりが磨き抜かれた階段があらわれ、女中はのぼりはじめた。

「こちらでございます。皆さま、おそろいになっております」

廊下にひざまずいた女中が登兵衛に、部屋をていねいに指し示す。

「ありがとう」

登兵衛が、女中があけた襖のあいだに身を入れた。襖が閉まる前、よろしくお願いします、とばかりに直之進に小さく会釈をしてきた。

その瞬間、いやな気配がしていないか、直之進は神経をそばだてた。

気分を悪くさせるような妙な気は漂っていない。ひとまず安心した。座敷のなかを一瞥した限りでは、誰もが裕福そうな身なりをしていた。

直之進と和四郎の二人は、隣の部屋に入った。膳が用意されていた。

「豪勢だな」

座りこんだ直之進は和四郎にささやきかけた。

「すごい」

和四郎も感嘆している。

膳は鯛尽くしのようだ。

「はじめて見たよ」

「手前もです。湯瀬さま、遠慮なくいただきましょう」

和四郎が鯛の刺身に箸をのばした。

「こりゃうまい。皮のところはこりこりしていますね。身はやわらかくて、しっとりしていますよ」

直之進は刺身を箸で持ちあげた。

「本当に皮がついているんだな」

「松皮造りといったと思います」

「確かに松の皮のように見えるな」

あとは塩焼きに煮つけ、つみれの吸い物、薄い昆布が巻かれた寿司だった。

どれもうまく、直之進と和四郎はあっという間にたいらげた。さすがに吟味し尽くされている。

隣の札差たちは歓談している。酒が入りだしていた。なごやかさに変わりはないが、やや声が高くなりつつある。

登兵衛は口をつけるふりくらいで、飲んではいないだろう。会合をひらいた登兵衛の目的は、米のことで怪しいことをしている者を捜しだすことにちがいない。つい最近も同じことをしたといっていた。

「こうしてお顔を見せていただいたところ、どなたも血色がよくて安堵いたしました」

登兵衛の声がきこえた。

「的場屋さんが一番よいのではないですか」

一人がいい返し、座がどっとわく。

「とんでもない。手前は心配ごとばかりで、身をすりへらしておりますので、こうしてやせ細ってしまいました」

「どこがやせ細っているのですか」

「体だけではなく、身代のほうも細りかけております」

すぐに別の声が飛ぶ。

「的場屋さんはやり手と評判ですよ」

「やり手だなんてそんなことはございません。皆さま方の真似をしているだけです」

登兵衛が咳払いした。

「森口屋《もりぐちや》さんもやり手できこえていらっしゃいますが、最近、いい話をききましたよ」

「えっ、いい話ですか。どんなことです」

「なんでも大きな札旦那ができたとか」

札旦那というのは、年に三度の米の支給を受ける旗本や御家人のことだ。支給された米を札旦那は札差を通じて金に換える。

「とんでもない。そんな上客ができたら、ありがたいことこの上ありませんけど、実際にうちは今、苦しいですから」

「まことですか」

「ええ。でも、立て直せると思っています」

「手立ては？」

「あまりやりたくないのですが、もう少し札旦那への取り立てを厳しくするつもりでいます」

「それはしっかりやったほうがよろしい」

別の者がいった。その声にはどこか尊大さが感じられた。

さらに登兵衛は、二井屋《ふたいや》という札差にも同じようなことをきいた。

どうやら今宵の的はこの二人のようだ。

しかし二井屋も、必死にがんばってなんとか盛り返すつもりでいるという決意をあらわにした。他の者にも、手助けしてやろうという気分が横溢している。

登兵衛がいう通り、札差仲間には強い絆がある。一枚岩、というのは過言ではないのかもしれない。

その絆を破るような真似をしている者は、今夜の客にいそうになかった。

登兵衛が怪しんでいたらしい二人は、米の安売りにはまず関係あるまい。

とすると、と直之進は思った。米を安く流している者はいったいどこから米を調達しているのだろう。

第二章

一

少し体にだるさがある。

矢板兵助は歩きながら、首をひねった。こんな感じはこれまで持ったことがない。

「どうした」

横を歩く武田尽一郎がきいてくる。

「ちょっと頭がはっきりしないというのか、ぼうっとしている」

「眠れなかったのか」

「そういうわけではない。たっぷりと眠った」

兵助は背筋をのばし、しゃきっとした。

「しばらく剣の稽古をしていないからだろうな。体がなまっている」

「いわれてみれば、俺もまったくしておらん。それでも体がなまったとは感じぬのだが、兵助ほどになると、俺とはちがうのだろうな。また湯瀬さんとやりたいんだろう?」

「やりたい」

兵助は即座に答えた。

「ああいう人と常に稽古していれば、まちがいなく強くなれる」

「もっと強くなりたいのか。俺などからすれば、欲張りとしかいいようがないが、強い者はそういうものなんだろう」

尽一郎の瞳に興味深げな色が浮かんだ。

「湯瀬さんが戦った例の遣い手だが、ああいうのとも戦いたいのか」

兵助は苦笑を漏らした。

「湯瀬さんがすごいというくらいだからな、今の俺では相手にならん。正面切って戦いたくはない」

「でも、腕を見たいんだろう?」

「湯瀬さんがすごいというのが、どのくらいなのか、目の当たりにはしたい。ただ、戦いたいかというとまた別だ。命は一つだ、大事にしたい」

風に吹かれてゆったりと動く朝靄を突き破るように、兵助たちは急ぎ足で歩いている。

あたりには行商を終えたばかりの魚屋や蔬菜《そさい》売り、しじみ売りなどの姿が目立つ。商売がうまくいったのか、誰もが穏やかな笑みを浮かべているように見えた。

仕事場に向かうらしい職人や、道具箱を担いだ大工らしい者の姿も多い。すれちがう者たちはみんな、生き生きとしている。

仕事をしている男の顔だ。暮らしが充実しているのを感じさせる。地に足をつけて生活しているのだ。

俺はどうだろうか。今はいい。すべきことがあるから。

だが、それが終わる日は必ずくる。そのあとはどうするか。

なにも考えていない。仕官の道などあり得ないだろうから、浪人のままだろう。

それはいい。浪人のほうが気楽なのは、直之進や琢ノ介を見てよくわかっている。

なにかやりたいことがほしい。剣の道に進みたいとは思うが、直之進との才の差は痛いほどわかっている。

さしたる腕がなくとも、剣術道場をやれるのはわかっている。

だがそれでは兵助自身、おもしろくない。やはり道場をやるのなら、究めるくらいの気持ちでやりたい。

だが、自分の才では無理だ。

とすると、俺にはなにがあるのか。

なんとか見つけないとな。

それが見つかれば、これからの人生が豊かなものになってゆくだろう。

「どうした。なにを考えている」

「どこかにいいおなごでもおらんかな、と思ってな」

「おなごか。いいな」

尽一郎がしみじみいう。

「おなごこそが、我らの暮らしに色どりを与えてくれよう」

高築平二郎の屋敷近くにやってきた。茶店の決まった場所に、二人して陣取る。

昨夜、兵助たちは料亭鈴川を兵助が追いだされたあと、平二郎が出てくるのをひたすら待った。

平二郎は八つすぎに供侍とともに暖簾を外に払ったが、一緒に飲んでいたと思える侍の姿はなかった。

となると、一人で飲んでいたのかもしれない。あるいは、供侍を相手にしていたのか。

帰ってゆく平二郎のほうは尽一郎につけてもらい、兵助はしばらく鈴川を張った。

その後、数名の武家が出てきたが、平二郎と会っていたように思える侍は見当たらなかった。それぞれ相手がおり、誰もが上等な酒の酔いを楽しんでいた。

いらっしゃいませ、と寄ってきた看板娘に、兵助は茶と饅頭を注文した。いつもありがとうございます、と看板娘が奥に引っこんでゆく。

「おい兵助、気づいているか」

尽一郎がにやにやしている。

「なんだ、その顔は」

「締まりがないか。もともとこんな顔だ。兵助、気づいておらんのか」

尽一郎が声を低める。

「今の娘、おぬしを見る目がちがうぞ。明らかに惚れておるな」

「たわけたことを申すな」

兵助はささやくように返した。

「たわけたことなどではない。今の瞳、見なかったのか。きらきらしていただろうが」

「誰にでも同じ瞳を向けるのさ」

尽一郎が憐れむ目をする。

「どこかにいいおなごがおらぬか、といったばかりではないか。女心がこうまでわからんと、せっかくの機会を逃すことになるぞ」

「せっかくの機会だと？　声をかけろとでもいうのか。それからどうする。あの娘を妻にしろとでも？」

「妻まではいかなくても、逢い引きしたりするくらいいいじゃないか」

「そんな暇がいつあるんだ。それに、今はおなごのことを考えている場合ではない」

「兵助、大きな声をだすな」

尽一郎が制す。その目が兵助の横に向けられている。

お待たせいたしました、と看板娘が盆に茶と饅頭をのせて立っていた。少し悲しそうな顔をしている。

きこえてしまったのかな。兵助は思った。おそらくそうなのだろう。だが、これればかりは仕方がない。

縁台に茶と饅頭を置いて、看板娘が新たに入ってきた客に向かって、いらっしゃいませ、といって向かう。

「きれいな娘さんじゃないか。兵助、もったいないぞ」

「きれいだろうとなんだろうと、今は関係ない」

「兵助、おぬしはどんなおなごが好みだ」

一人の女性の顔が脳裏をよぎる。二日前、会ったばかりだ。

「それは――」

いいかけてとどまった。

「なんだ、いえぬのか」

そのとき、ふとなにかの声をきいたような気がして、兵助は高築屋敷に目を向けた。

「なにかあったのかな」

尽一郎も高築屋敷を眺めている。屋敷が騒がしいのだ。ざわついているというのか、変事が起きたのを感じさせるあわただしさが、十五間ほどへだたっていてもはっきりと伝わってくる。

門は閉じられたままで、誰かが飛びだしてくるようなことはない。今は黙って見ているしかなかった。

茶は喫したが、兵助は饅頭には手をのばさなかった。それは尽一郎も同じだ。いつでも茶店を出られるように代も支払った。

屋敷内の騒ぎがしばらく続いたあと、一人の中間が人目を避けるようにくぐり戸を出てきた。

「話をきいてみよう」

兵助は縁台から立ちあがった。うなずいて尽一郎も続く。

兵助は、歩きだした中間の前に立ちはだかった。

「高築どののお屋敷になにかあったのかな」

一瞬、驚いた様子の中間が怪訝そうな目を向けてきた。

「いや、朝っぱらからずいぶん騒いでいるようなのでな」

「あの、どちらさまですか」

兵助と尽一郎に交互に視線を当ててくる。

「それがしは、高築平二郎どのの道場仲間で、伊呂波という」

料亭の鈴川でつかった名をここは名乗った。尽一郎は黙ったままだ。

「伊呂波さまですか。うちの屋敷を訪ねていらしたのですか」

「そうだ。久しぶりに話をしたいと思って」

「でも今日は非番ではございませんよ。殿は出仕されることになっていたはずですが」

そのいいまわしに兵助は引っかかった。

「なっていたはず？」

「ああ、ご友人に隠すことではございませんね。でも、どうして非番でもない日に訪ねていらしたのです」

「いや、高築どのから今日、非番だときかされていたのだ」

「おかしいですね。非番は昨日でした」

「俺がまちがえたのであろう。それより、はやく隠すことではないということを話してくれぬか」

「ああ、申しわけございません。――殿の姿が見えないのです」

さすがに兵助は驚いた。尽一郎も目をみはっている。

「どういうことかな」

「いえ、あっしもよくわからないんですよ。ご内儀もご存じないそうで。朝、お目覚めになったら布団が空《から》だったそうです」

高築平二郎の身になにかあったのはまちがいない。

兵助は尽一郎を見た。尽一郎がかすかにうなずきを返してきた。

「あの、ご友人なら、殿の行き先にお心当たりがございませんか」

「すまぬな。わからぬ」

兵助は尽一郎をうながしてその場を離れた。

入口に人の気配を感じ、平川琢ノ介は竹刀を振る手をとめた。

入ってきたのは兵助と尽一郎だ。

「おう、帰ってきたか」

「ただいま戻りました」

兵助が元気よく答えたが、顔がどこか紅潮している。

「なにかあったのか」

「道場主は？」

「奥だ」

「平川さんもいらしてください」

奥の間に四人の男が集まった。秋穂が湯飲みを配る。

兵助がちらりと秋穂を見た。すぐになにげなさを装ったが、琢ノ介が見るところ、兵助は秋穂に惚れているようだ。

惚れているとまではいかないにしても、憧れの気持ちはあるだろう。

秋穂はきれいだし、心根もやさしい。無理はないような気がした。

兵助の性格からして、秋穂をなんとかしようなどという気は起こすまい。ただ、想いを胸に秘めているだけだろう。

秋穂がつつましげに悦之進の斜めうしろに正座した。

「兵助、なにがあった」

悦之進がただした。

高築屋敷でなにが起きたか、兵助が語る。

「平二郎がいなくなった？」

　悦之進が首をひねる。

「自ら姿を消したのか」

「いえ、それはまだ屋敷の者もわかっていないようです」

「平川さんはどうお考えですか」

　悦之進に問われ、琢ノ介は一番最初に頭に浮かんだことを口にした。

「さらわれたとも考えられますね」

「かどわかしですか。寝床から？」

　兵助がいった。琢ノ介はうなずいた。

「仮に高築平二郎が御蔵での悪事に加担しているとして、あの例の遣い手とも関係があるとしよう。あの遣い手が口を封じたいと考えたとして、それを実行に移したというのは決してあり得ぬことではない。思いだしてほしいのだが、あの遣い手はこの道場にも忍びこんできた。同じことを高築屋敷でもしないとはいえぬ」

「その通りですね」

　悦之進が深くうなずく。

「口封じでしょうか」

「そのあたりは正直、わかりません」

湯飲みを手にした琢ノ介は茶で唇を湿した。

「口封じが目的なら、その場で自害に見せかけるなどしてもおかしくない。わざわざ手間をかけて連れ去るとは考えにくいのですよ」

二

どこにも出かけていないことを祈って、和四郎は障子戸を叩いた。

長屋の路地には洗濯物を干す数名の女房衆がたむろし、興味津々の目を向けてきた。ひそひそと顔を寄せ合っているのは、千勢の男かどうかを話し合っているのだろう。

「どちらさまでしょう」

なかから声がした。どことなく弾んだ声にきこえたのは、勘ちがいだろうか。

和四郎は名乗った。

障子戸があき、千勢が顔を見せた。相変わらず美しい。瞳がきらきらして、まるで娘のようだ。直之進の妻として一年ほど一緒に暮らしていたというのは信じがたい。

「朝はやくに押しかけて申しわけない」

「いえ、それはいいんですが」

千勢がじっと見ている。

「話をききたくて、まいりました」

女房たちにきこえないように小声でいう。

「例の遣い手のことです」

「お入りください」

千勢が、女房たちに会釈してから和四郎を招き入れた。そっと障子を閉める。

土間で雪駄を脱ぎ、和四郎は畳にあがった。部屋はきれいに掃除してあり、よく整理されている。いかにも武家の女という感じだ。

「長居するつもりはありませんからご安心を」

千勢が手で軽く口を押さえて笑う。

「そんな心配はご無用です」

和四郎が千勢と知り合ったのは、張っていた一軒の米屋に千勢があらわれ、あるじにいろいろ問いただしたからだ。どういう女なのか興味を抱いた和四郎は声をかけ、田端村の登兵衛の別邸に来てもらったのだ。

そのときすでに直之進は登兵衛の用心棒をつとめていたから、千勢があらわれたときはひどく驚いたものだ。

「今、お茶をいれますから」

「いえ、けっこうです」

「すぐですから」

千勢は本当に手際がよかった。あっという間に和四郎の前に湯飲みが置かれる。

「お召しあがりください」

「では遠慮なく」

和四郎は茶托から湯飲みを取りあげ、静かにすすった。

「おいしい」

「さようですか。でも和四郎さんは登兵衛さんのところで、本当においしいお茶をいただいているのではありませんか」

「確かにおいしいですけど、こちらも劣りませんよ。いれ方がよいのでしょう」

「お世辞にしてもうれしい。ありがとうございます」

千勢が頭を下げる。そんな仕草にも女が香り、去られた湯瀬どのはつらかっただろうな、と和四郎は思った。

「ああ、のんびりとお茶をいただいている場合ではありませんね」

湯飲みを茶托に戻し、本題に入る。

「手前、例の遣い手のあとを追っています。今朝は湯瀬さまの助言もあって、うかがわせていただきました」

「あの人の助言ですか」

「湯瀬さまによれば、倉田佐之助は例の遣い手を知っているはず、佐之助もあの遣い手を追うに決まっている、佐之助があの遣い手と知り合いであれば千勢のもとに行き、人相書を描いてもらうはずだと」

「確かに来ました」

佐之助の名が出た途端、千勢の瞳がきらりと光を帯びたような気がした。

「――人相書を描いたのですか」

「描きました。絵は不調法だと申していましたから」

「さようですか。剣の達人なのに、似つかわしくありませんね」

「絵が不調法なのは、直之進さまも同じです。天は二物を与えずと申しますが、剣の達人というのはそういうものかもしれません」

「宮本武蔵は両方とも達者でしたよ」

「ああ、さようですね」

実際に、直之進はこうもいっていた。仮に佐之助が絵の上手だとしても、千勢に会える格好の口実を逃すはずがない、と。

佐之助の気持ちはわからないでもない。どころか、このままこんなに近くに居続けたらこちらが惚れそうだ。

「人相書を頼んだということは、佐之助はあの遣い手が誰か、やはり知らないのですね」

「どうしても思いだせずにいると申していました。じれったそうでした」

「顔は知っているわけですね。どういう関係なのでしょう。それについてはなにかいっていましたか」

「いえ、なにも」

「たとえば、同じ料理屋でよく顔を合わせたような関係だったとか」

「そういうことを必死に思いだそうとしている様子でした」

「こちらにいるときは結局、思いださなかったのですね」

「さようです」

つまり、すれちがった程度のことなのかもしれない。

「ありがとうございました。ごちそうさまでした」

「いえ、お役に立てず……」

和四郎は障子戸をあけて、外に足を踏みだした。路地には女房衆がまだいて、なにか深刻そうに話をかわしていた。

長屋の木戸を抜け、和四郎は通りに出た。

さて、どうするか。

昨日、直之進がいっていた剣術に詳しい者については登兵衛が調べてくれるといっていた。今、自分がすべきことはなにか。

やはり、北山道場のあたりを調べ尽くすことだろう。

和四郎は道を西に取った。

歩きながら、昨夜の直之進の言葉を思いだす。

「佐之助は、取り潰しに遭った旗本の三男坊だ。あの遣い手も同じということは考えられぬだろうか。今や町人たちの剣術熱はすごく、とんでもない遣い手が出てきているようだが、あの遣い手は果たしてその手の者だろうか」

和四郎は暗闇のなかで襲われたとき、わずかにあの遣い手を見ただけだからはっきりとはわからないが、生まれついての侍という感じがした。

「あの男も佐之助と同じ旗本の子弟で、しかもどこかの部屋住なのではないか。部屋住だが、腕を買われて誰かに仕えている」

この言葉には和四郎も納得できた。佐之助とあの遣い手は同じ部屋住同士という、つながりがあるのではないか。

きっとそうにちがいない。それならば、徹底して北山道場周辺の旗本を調べるまでだ。

どうせならあの遣い手がまた襲ってこないか、と思うが、そんな真似はするまい。こちらが用心しているのを、やつはわかっている。

今はとにかく調べを進めるのみだ。

三

それにしてもわからんな。

佐之助は、千勢に描いてもらった人相書をにらみつけている。

さすがに絵の達者だけのことはあり、顔を見てもいないのに千勢は巧みに特徴をとらえている。

俺が描いてもここまでは無理だな。

いうほど苦手ではないにしても、千勢に描いてもらったのは正しかったのだ。

佐之助がいるのは、ここしばらくつかっている隠れ家の一軒だ。

この男は、と佐之助は目を凝らした。千勢の代わりに追っているようなものだ。千勢に人殺しをさせるわけにはいかないからだ。

といっても、すでに自分も離れられないだけの興味を抱いている。

この男は何者なのか。

この男とはどこで会っているのか。

深い結びつきでないのは確かだ。そして、最近のことではない。

あれだけの遣い手だ、もし一度立ち合っていたら、忘れるはずがない。

佐之助は思いだそうと、人相書を見つめ続けた。

ふっと明かりが消えた。閉めきってある部屋だけに常に行灯《あんどん》はつけている。

ろうそくが切れたのだ。つけ直すのも面倒だった。

腹も空《す》いている。今は昼すぎだろう。

佐之助は飯をつくろうと立ちあがった。だがつくるのが億劫で、外に食べに出ることにした。

なにがいいか、自らに問うた。

魚がいい。どこにしようか。

ふと思いだした。湯瀬が贔屓にしている店がある。

そこにしよう。幸い、この家からさほど遠くはない。

湯瀬は今、的場屋登兵衛という札差のもとにいる。店でかち合うことはまずない。かち合ったら、それはそれで楽しいことだろう。まさか白昼、刀を向け合うことにはなるまい。

人相書をたたみ、懐にしまい入れる。両刀を腰にねじこみ、勝手口の土間におりた。雪駄を履き、気配をうかがってから戸をあける。

陽光が射しこんできて、佐之助は下を向いた。舌打ちする。

まだまだ甘い。まぶしがっているところを斬りこまれたら、どうなるか。

もし湯瀬やあの遣い手だったら、あの世に逝っている。

庭には枝折戸《しおりど》がある。それをひらいて、せまい道に出た。

あたりは寺が多く、人けはほとんどない。隠れ家としては格好だろう。

佐之助は道を歩きだした。

小石川伝通院前陸尺町《こいしかわでんずういんまえりくしゃく》に着いた。

ここか。暖簾が揺れ、路上に正田屋《しょうだや》と看板が出ている。

佐之助は暖簾を払った。

長床几《ながしょうぎ》と座敷があるだけの店だが、さすがに混んでいる。うまいと評判なのだろう。最近の江戸者は口が肥えてきて、安いだけでは客の入りが悪いときく。

一瞥し、湯瀬がいないのを確かめた。

「いらっしゃいませ」

元気のいい声が厨房からかかる。いかにも人のよげな親父が笑顔で見ていた。

いらっしゃいませ、と盆に湯飲みをのせて小女が寄ってきた。こちらも満面の笑みだ。いかにも気立てがよさそうだ。

なるほどな、と佐之助は思った。こういう客を大切にしている雰囲気の店がまずいはずがない。うまい物を食べてもらおうという、もてなしの気持ちが伝わるから、客はまた足を運びたくなるのだ。

「お一人ですか。こちらにどうぞ」

小女に座敷の奥に連れていかれた。小女は瀬を踏むように見事に客をよけてゆく。佐之助が腰をおろすと、ていねいに間仕切りを立ててくれた。

「すまんな」

「いえ。お茶をどうぞ」

湯飲みをそっと置く。ほかほかと湯気があがって、うまそうだ。

「お客さん、はじめてですね」

「わかるか」

「はい、それはもう。なににされますか」

たくさんの品書きが壁に貼ってある。

「お勧めは？」

「うちは鯖の味噌煮が一番といわれています」

「そいつをもらおう」

「ご飯とお味噌汁、たくあんをつければよろしいですか」

「それでいい」

「ありがとうございます」

小女が注文を通しに厨房に向かう。

客が一杯だから、待たされるかと思ったが、さほどのことはなかった。湯飲みの茶はあたたかみを残している。

「ごゆっくりどうぞ」

「ありがとう」

自然に声が出た。

大きめの鯖の切り身だ。味噌に脂が垂れている。ごくりと唾が出た。

佐之助は箸を取り、食べはじめた。

飯は粘りがあって甘みが強い。米もいいのだろうが、炊き方もうまいのだろう。

味噌汁の具はしじみだ。やや辛い味噌に、しじみのだしがよく出ている。これだけで飯を何杯もいけそうだ。

肝腎の鯖の味噌煮に箸をのばした。脂が甘く、口のなかで身がとろけてゆく。

佐之助は感嘆した。湯瀬が贔屓にしているだけのことはある。こんなにうまい鯖の味噌煮ははじめてだった。

いや、ちがう。同じくらいうまい鯖の味噌煮を食べたことがある。

あれは、晴奈のつくったものだ。なにをつくってもうまかったが、鯖の味噌煮は特に得意だった。

佐之助は咀嚼しながら、せつない気持ちになった。また会いたい。顔を見たい。話をしたい。

だが、どうすることもできない。

——そうか。

佐之助は唐突に思いだした。

あれは五年前のことだ。

そうだ、やつだ。叩きのめした三人のうちの一人。あれがあの遣い手だ。

佐之助は久方ぶりの獲物にありつけた山犬のようにがつがつと飯を食べ、鯖を骨だけにした。あまりしょっぱくないたくあんを口に放りこみ、味噌汁を飲みほした。

晴奈に関係したことだったのに、どうしてすぐに思いださなかったのか。晴奈の死は、俺にとって遠いものになってしまったのか。

千勢のことが頭にあるから、晴奈などどうでもよくなってしまったのか。

「どうかされましたか」

目の前に小女がいて、不安そうに佐之助を見ていた。

佐之助は、代を払うために帳場の近くに来ていたのを知った。

「いや、なんでもない」

佐之助は代を支払い、うまかったよ、といった。小女は笑顔になった。

佐之助は外に出た。また陽光に包まれたが、隠れ家から出てきたときのようなまぶしさは感じなかった。

北に向かって歩きだす。

五年前、晴奈に絡んだ三人の侍がいた。いずれも一目見て旗本の子息だというのがわかる、やや着崩れた格好をしていた。

不良どもだった。三人とも、佐之助と同じ部屋住に見えた。やり場のない怒りを全身にみなぎらせ、どうしようもない鬱屈を瞳にたたえていた。

あのとき、と佐之助は明瞭に思いだした。一人だけ腕が立つのがいた。あれがあの遣い手だ。

だが、あのときのやつはたいしたことなかった。それが五年であれだけの腕を持つまでに至った。とんでもない成長を遂げたことになる。

あの男にいったいなにがあったのか。

むろん素質は十分だったのだろうが、それだけではあるまい。

それはいったいなんなのか。

それを調べあげることができれば、あの遣い手に近づけるような気がしてきた。

四

むずかしい顔をしている。登兵衛は苦しげなうなり声をだした。

「いけませんな、これは」

盤面を見つめてつぶやく。

「投了です」

直之進はにこやかに笑った。

「潔いな」

「商売でも引き際が大事ですから」

「というより、むしろ侍の潔さのように思えるがな」

「今は商人ですよ」

登兵衛が駒を並べ直す。

「まだやるのか」

「昨日からずっと負け続けですからね、このままでは終われません」

「賭け将棋にすればよかったな」

直之進はいかにも残念そうにいった。

登兵衛がぽんと膝を打つ。

「それはよい考えですね。賭けていなかったから、真剣味が足りなかったのでございますよ。金を賭ければ、これまでとちがった勝負にきっとなりましょう」

「同じだと思うがな」

「湯瀬さま、一勝負いくらにしますか」

直之進の言葉がきこえなかったように登兵衛がきく。

「裕福な札差といえどもあまり巻きあげては悪いから、一分くらいにしておくか」

「それは少ない。倍にしましょう」

「本気か」

二回勝てば、一両だ。今の用心棒代が一日二分だから、それと同じだ。

「本当にそれでいいのか」

「湯瀬さま、臆しましたか」

「たわけたことを」

登兵衛の実力がいきなりあがるはずはなく、金を賭けての一戦目は直之進の圧勝に終わった。

「ではいただこうか」

直之進は手のひらを差しだした。

「仕方ありませんな」

登兵衛が懐に手を突っこみ、おひねりを取りだした。

「二分、入っています」

「用意がいいな」

直之進は受け取り、紙をひらいて財布にしまい入れた。

「すぐに取り戻させていただきますよ」

それにしても、登兵衛がこんなに熱くなる人物だとは思ってもみなかった。

直之進は耳を澄ませた。

「登兵衛どの、どうやら勝負は無理のようだ。客らしい」

登兵衛が顔をあげ、門の方向に目を向けた。

「また気配でございますか」

「いや、声がきこえた。屋敷の者が、太之助《たのすけ》とかいっていたようだ」

直之進は畳の上の刀をつかんでいたが、登兵衛が制した。

「それには及びません。手下の一人です」

座敷にやってきたのは、中間姿をしている若い男だ。一礼して正座し、直之進に向かって、太之助と申します、と頭を深く下げた。直之進のことはすでに知っている顔だ。

やや丸顔で、眉が濃い。鼻は丸く、唇も厚い。いい男とはお世辞にもいえないが、人をほっとさせる愛嬌がほの見える。登兵衛の手下ということだが、中間姿が妙に似合っている。

「なにかあったのかい」

登兵衛が身を乗りだしてきく。

「はい、それですが」

太之助が唇を湿した。

「高築平二郎が失踪いたしました」

「なんだと。自ら姿を消したのか」

「それがまだはっきりしておりません」

どういうことか、太之助が話す。

太之助は半季奉公で御蔵役人の高築平二郎の屋敷に、中間として入りこんでいる。あるじである平二郎が今朝、いなくなった。屋敷にちょっとした騒ぎになっているとのことだ。

「太之助どのは、登兵衛どのの命で高築屋敷にもぐりこんだのだな」

そうです、と登兵衛がうなずく。

「高築平二郎という男は、分をすぎた料亭を贔屓にするなど、少し目立った贅沢をはじめていました。それで太之助に命じ、内偵を」

「分をすぎた料亭か」

「鈴川という店ですが、御蔵役人では一生、足を踏み入れられるような店ではございません」

登兵衛に代わり、太之助が説明する。

「それが、ここ二月《ふたつき》で三度ばかり通ったようなのです。昨夜も鈴川に行ったのですが、手前も供につきました」

「平二郎は鈴川で誰かと会ったのか」

直之進は太之助にただした。

「手前はなかに入れませんでしたから、はっきりとしたことはわかりませんが、どうやら会ってはいないようです。ただ単に、鈴川の酒と料理を腹心と楽しんでいただけのようです」

「その鈴川へ行くのに、どこから金が出ているのか、まだわかってはいないのだな」

「太之助にはそれを探ってもらっていました。むろん、鈴川で誰と会うのかも」

登兵衛が苦い顔になる。

「こんなことになる前に、引っぱっておけばよかったでしょうか」

「そのあたりの判断は俺にはできん。剣と一緒で、機というのがあるのだろうが、それがいつなのか、見極めるのはむずかしかろう」

「手前も、しらを切られたらおしまい、ということで泳がせていたのです」

直之進は太之助に視線を当てた。

「鈴川は一見でも入れるのか」

「とんでもない。そんなに敷居が低い店ではございません」

「となると、平二郎は誰かの紹介で鈴川に行くようになったのだな」

「その者こそが、あの遣い手を自在に動かしている黒幕であるということですね。手前もそう考え、太之助に調べるように命じたのです」

それを受けて太之助が続ける。

「鈴川でその黒幕に平二郎が会ったのは、どうやら初回だけだったようです。そのときはまだ手前どもは平二郎に目をつけていたわけではありませんから、その黒幕の正体をつかめませんでした」

「鈴川の奉公人は知っているのだろうな」

「おそらく」

「奉公人にはきいたのか」

「ええ」

登兵衛の口調は、おっしゃりたいことはわかっています、という感じだ。

「手荒な真似を？」

「実際に和四郎が家に忍びこみ、番頭の一人を脅しました。口を割らせれば、すむことですから」

「結果は？」

「吐きませんでした」

「まことか」

正直、直之進は驚いた。和四郎は素人ではない。本気で脅したはずだ。

「妻子を殺す、とまでいったにもかかわらず、知らないの一点張りだったそうです」

「しかしそれはまずいな。探っているのを、平二郎に知られたのではないか」

「そのあたりは大丈夫です。平二郎とはまったく関係のない、適当な人物のことをききましたから。その人物のことをぺらぺらしゃべるようなら、平二郎のことを話すはず、という目論見がありました」

「さすがだな。鈴川のあるじのほうにきこうとは？」

「むろん考えましたが、番頭以上に口がかたいでしょう」

「そうだろうな。その鈴川という料亭、だてに高い金を取っているわけではなさそうだ」

「ですから、名料亭は密談の場に用いられるのですよ。身内を犠牲にしても、客の秘密を守る姿勢が明確なのです」

「たいしたものだな。今どき、それだけの覚悟が武家にあるかどうか」

登兵衛が控えめにうなずく。

「鈴川でその黒幕が本名を名乗っているか、怪しいとも思えましたし」

「本名を名乗らず、そういう店で通用するのか。素性調べまでせぬだろうが、ある程度の身分の裏づけは必要だろう」

「その通りなのでございますが、どうも本名を名乗っていないのではないか、という気がしてならないのでございます」

「どういうことかな」

「手前もうまく説明できないのですが、なにかちがう、という感じがしてならぬのです」

勘というのは誰にでもある。登兵衛の場合、そういう勘のよさを買われて、上の者に探索を命じられたにちがいない。そういう男の言だ、軽視はできない。

喉が渇いたのか、登兵衛が屋敷の者に茶を頼んだ。

ときを置かずに持ってこられた茶を直之進も喫した。

「それにしても、高築平二郎がどうしていなくなったのか、わけを知りたいな」

「まったくです」

登兵衛が空にした湯飲みを茶托に置く。

「自らいなくなったのか。それとも、何者かの手か」

直之進は考えてみた。昨夜、平二郎は鈴川に行った。心配や気がかりがなにもなかったから、気兼ねなく腹心と一緒に行けたのではないか。

鈴川から帰ったあと、自分がそんな目に遭うことなど夢にも思っていなかったのだ。

直之進はそのことをいった。

「なるほど、その通りですね」

登兵衛が同意を示す。

「失踪する気でいたら、その直前に料亭などに足を運ばぬでしょう」

登兵衛の言葉を黙ってきいていた太之助が、直之進に顔を向けてきた。

「そういえば高築屋敷を出てくる際、手前は二人の浪人に声をかけられました」

「浪人？」

「おそらく中西悦之進どののもと家臣のお二人でしょう。昨夜、鈴川でも見かけました」

どういう顛末があったか、太之助が話す。

「ほう、常連の名を騙って無理に入ろうとしたのか。それは矢板兵助どのだな。平二郎の分にすぎた料亭通いをやはりおかしいと感じ、張っていたのだな」

登兵衛が厳しい顔つきになった。

「中西どのらが平二郎をかどわかしたというのか。俺には、中西どのたちの仕業とは思えぬ」

「湯瀬さま、まさか――」

「どうしてです」

「太之助どのの話では、内儀が隣に寝ていたはずの平二郎がいなくなったことに気づいたのは朝だった。かどわかされたとしたら、相当の手練がしてのけたのがその一事からもわかる。中西どのの五名のもと家臣のなかで遣い手といえば兵助どのだが、兵助どのでもそこまでの技はない」

「別の者の仕業ということですか」

「俺はあの例の遣い手ではないか、と思う」

「口封じですか」

「口封じなら、信濃屋儀右衛門たちを殺したときのようにすればいいはずだが、どうしてかそれをしておらぬ」

「連れ去る理由があったということですね」

「それがなにか知りたいが、今考えたところで答えは見つからんだろう」

「――よろしいでしょうか」

太之助が口をはさむ。

「実は、行方が知れなくなったのは高築平二郎だけではないようです」

「なんだと」

登兵衛が腰を浮かしかける。

「あと二人、高築平二郎と同じ御蔵役人の姿が見えなくなっているようなのです」

二人は、杉原惣八《すぎはらそうはち》と菊池善五郎《きくちぜんごろう》とのことだ。

「太之助、それをどうやって知った」

「こちらにまいる途中、御蔵役人の屋敷の前を通りかかった際、なにやら騒ぎがきこえてまいりました。それで、どこかに使いにまいるらしい者に話をききました。話をきいて驚きましたが、もしやまだほかにも同じ者がいるのではないかと、付近の御蔵役人の屋敷を当たれるだけ当たってみました」

「そうしたら、本当に行方知れずがいたということか。その二人は、高築平二郎と同じ悪さをしていたということか。もしや、まだほかにも行方知れずがいるやもしれんな」

連れ去られたのが三人として、その場で口封じをしなかったのは、三人もの御蔵役人を殺したら大騒ぎになるからか。

いや、三人なら失踪だけで十分な騒ぎになるだろう。徒目付も探索に乗りだしてくるにちがいない。

やはり、なにか目的があって連れ去ったのだ。

直之進は登兵衛を見た。

登兵衛が太之助に命じる。

「とにかく、もっといろいろなことを知る必要がある。太之助、手を尽くして調べてくれ。特に、高築屋敷の内情を詳しく知りたい。行方知れずになった三名のなかでは、最も脇が甘そうだ」

「はい、おまかせください。そのための手はすでに打ってあります」

太之助は自信ありげに答えた。

五

襖の向こうから、うめき声のようなものが漏れきこえてきた。

目覚めたようだ。三人とも猿ぐつわをかたく嚙ましているから、なにをいっているのかはっきりしない。

明かりのほとんど入らない暗い部屋だが、行灯を灯してある。互いの顔を認め合って、話をしようとしているのだろう。

土崎周蔵は立ちあがり、襖に手をかけた。あけ、すばやく閉めた。

三人はぎくりとした。両足もきつく縛られている。いずれも寝巻き姿だ。

周蔵を見ていっせいに口をあけたが、猿ぐつわのせいでききとれない。

周蔵は三人の前に座りこんだ。瞳を光らせて順繰りに見つめる。

見つめられた順に、親に叱られた子供のようにうつむいて黙りこんだ。

周蔵は笑みを浮かべた。

「手荒な真似をして、すまなんだな」

やわらかな口調でいった。

「腹はまだ痛むか」

周蔵は寝床で寝ている三人の腹を拳で打って、気絶させたのだ。

「一晩に三人をかどわかすというのは、なかなかたいへんだったよ。おぬしら、けっこう重いんだよな」

三人は目をひきつらせて周蔵を見ている。

周蔵は静かに手をのばした。三人が芋虫のようにあとじさる。

「怖がらずともよい」

三人から猿ぐつわを取ってやり、体を起こしてやった。手足の縛《いまし》めはそのままだ。

「どうしてこんなことを……」

「帰らせてください」

「お願いします」

口々に懇願する。今にも泣きだしそうな顔だ。

周蔵は黙殺した。

「一人でここまで運んだのか」

高築平二郎が震え声できく。

「そうだ。人手がないのでな」

「辻番に見咎められなかったのか」

「そんなことをいえるくらいだから、だいぶ落ち着いてきたようだな。いいことだ」

周蔵は平二郎に笑いかけた。その笑いを見て、平二郎が身をかたくする。ほかの二人も同様だ。

「辻番や木戸など、俺にはあってないようなものだ」

平二郎が、そうだろうな、といいたげな表情でうつむいた。

「どうしてこんなことを。我らがなにかしたか」

「おぬしらが、というわけではない」

周蔵は平二郎をにらみつけた。

「最近、金遣いが荒いそうではないか」

「えっ」

平二郎が刀でも突きつけられたように、驚いた。

「知らんとでも思っていたのか」

周蔵は平二郎に顔を寄せた。

「おぬしがつかまれば、杉原どのと菊池どのにも手が及ぶ。すると、我らも危うくなってくるというわけだ」

杉原惣八と菊池善五郎が平二郎を責める目になった。

二人にちらりと視線を当ててから、平二郎がいい募る。

「だが、我らはおぬしらの正体はおろか名すらも知らん。仮に我らがとらえられても、おぬしらまで手が及ぶことはあり得ぬ」

「そいつはわからん。徒目付にだって人はいよう。おぬしの言葉は軽すぎて、俺を納得させることなどできぬ」

襖の向こうに人が立った。

「入るぞ」

島丘伸之丞の声がし、襖があいた。周蔵は下がり、伸之丞のために場所をあけた。

伸之丞が畳に座りこんだ。あぐらをかく。

「手荒な真似をして、すまなんだな」

周蔵と同じ言葉を口にする。

伸之丞はにこにこしている。これだけ見ていると、本当にどこかの商家の好々爺に見えてくるから不思議だ。

しかし、心には刃のように冷たくとがった残忍さを秘めている。

平二郎たち三人は伸之丞とは何度も会っているが、怖さを肌で感じているらしく、周蔵以上におびえた顔をしている。

「どうしてこんなことを」

心を励まして平二郎がきく。その様子がたなごころを指すようにわかり、周蔵はけなげさを覚えた。

伸之丞が咳払いする。

「わしは店じまいをするつもりでおる。もはや潮どきだ。三人とも、十分に儲けただろう。金ができて、楽しいこともたんと味わえたはずだ」

三人が顔を見合わせた。恐怖で表情がこわばっている。

「殺す気ですか」

平二郎が必死の面持ちで問う。

それには答えず、伸之丞が周蔵に目配せしてきた。

周蔵は膝で少し前に出た。

「おぬしらに、してもらいたいことがある」

平二郎は唇を震わせている。杉原と菊池は歯を激しく鳴らしている。

「文を書いてもらう」

周蔵は紙と矢立を用意し、隣の間から文机を持ってきた。平二郎たちの手の縛めを解いて文机のまわりに座らせ、行灯をそばに寄せる。

伸之丞がゆっくりと文面を口にした。

えっ。三人は声をなくした。

「そんなのは書くわけにはまいらぬ」

杉原惣八が顔を蒼白にしていった。

「拒むか」

仲之丞が冷たい笑いを漏らす。

「それなら、ここで死んでもらうまでだ」

仲之丞が脇差を抜いた。行灯に抜き身が妖しく光る。

三人が子犬のように体を寄せ合う。

「それとも文を書いて、とりあえずは生きのびるか」

返事はない。それをむしろ楽しむかのように、仲之丞はゆったりとした仕草で脇差を肩の上に置いた。

「強要はせぬ。どちらでもよい。選ぶのはおぬしたちだ」

「きいてくだされ」

平二郎が畳に額をこすりつける。

「決して口を割るようなことはせぬ。文はどうか勘弁してくだされ」

「ききわけがないな」

仲之丞の目が細められる。周蔵は背筋が冷えた。

「それなら、ここで死んでもらう」

仲之丞は本気だ。

三人は絞められるのを知った鶏のように落ち着きをなくしていたが、やがて覚悟を決めたか、文を書きはじめた。

六

行方が知れなくなったのは、高築平二郎だけではなかった。

中西悦之進はその日の終わり、平二郎のほかに杉原惣八、菊池善五郎という二人の御蔵役人が姿を消したのを知った。平二郎と同じ組の者らしい。

つまり、三人の御蔵役人が同じ日に失踪したことになる。平二郎一人でも驚いていたのに、ただごとではない。

これは、先ほど戻った兵助と尽一郎の二人がきこんできたのだ。

平二郎たち三人は、着替えを持ってはいないようです、と兵助はいった。

「では、寝巻きのまま三人は屋敷から姿を消したのか」

「そういうことになるものと」

兵助がかしこまって答えた。

「やはりかどわかされたのかな」

悦之進は、円座を組んでいる五名のもと家臣の顔を見渡した。五人は、それ以外考えられない、という表情だ。

悦之進は兵助に視線を当てた。

「三人は親しいのか」

「そのようです。これは杉原屋敷の者にきいたのですが、仕事を越えてのつき合いがあったようです」

「同僚という枠を越えていたのか」

悦之進はつぶやいた。

「三人は、安売りの米に関わっていたのだろうな」

「まずまちがいなく」

悦之進は腕を組んだ。

「三人が口裏を合わせ、いなくなったというのも考えられぬではない。寝巻きのままというのは、誰かに連れ去られたと見せかけたという考え方もできる」

微笑してから続けた。

「だが、皆が思っている通り、何者かに連れ去られたというほうが自然だ」

悦之進は間を置いた。

「どうしてその何者かは、三人をかどわかしたのか。一番知りたいのはそれだが、その答えは今は出まい」

五人が同時にうなずく。

「だから、それはひとまず措いておく。どうかな、かどわかされた三人は生きているのかな」

「生きているとそれがしは思います」

即座にいったのは兵助だ。

「どうしてかな」

「今朝も申しましたが、口封じをする気なら寝床で殺してしまえばすむことです。それをしなかったというのは、三人を生かしてなにかにつかいたいからではないか、と思います」

「それがしも同感です」

尽一郎が唾を飛ばす勢いでいった。

「つかい道か。ここで考えても答えが出ることではないな」

悦之進は、あらためて五名のもと家臣の顔を見まわした。

「では、かどわかされた三人は生きているという考えでいくことにしよう。いまだに生かされているとして、居場所さえつかめれば、きっとすべてのことを吐いてくれよう。——それにしても、黒幕は何者かな。失踪した三人の上司が誰かわかっているのか」

「九人いる蔵奉行の一人です。平二郎たちの上司は、朽木《くつき》忠左衛門《ちゅうざえもん》さまです」

兵助が明快に答える。

「ほう、忠左衛門どのか」

「どういう人物です」

「亡き父上から、公正な人物という評をきいたことがある。忠左衛門どのは父上のじかの上司ではなかったが、父上は忠左衛門どのの人物を買っていらした」

「悦之進さまは潔白と？」

「父上が金を着服したかどでとらえられた際、わしは忠左衛門どののことはかなり調べた。だが怪しいところは出てこなんだ」

「もう一度洗い直しますか」

「そうせざるを得まい。やはり最も怪しいといわざるを得ぬ」

悦之進は兵助と尽一郎を見た。

「そなたらは、いなくなった三人の御蔵役人の行方を全力で捜してくれ」

悦之進たちの話が気になって、琢ノ介は三造《さんぞう》という門人に稽古をつけつつ、奥につながる板戸のほうを見てばかりいた。

三造はたいした腕ではないから、打たれる心配はない。

むろん、三造にわかるような露骨なやり方で見はしない。

それにしても、どんな話をしているのだろう。琢ノ介としては加わりたかった。

だが、今日も三十名近い門人がやってきている。ほったらかしにしておくわけにはいかない。

気合とともに三造が打ちかかってくる。琢ノ介はおやっ、という顔をして受けとめた。軽い衝撃が腕に伝わる。鍔迫り合いになった。

琢ノ介はどっしりと腰を沈めて、三造に語りかけた。

「今の打ちこみは鋭かったな。今のくらいのをいつでも繰りだせるようになれば、わしに面をつけさせる日は遠くないな」

「本当ですかい」

休むことなくずっと打ちこみ続けたせいで雨に打たれたように汗を流しているが、三造は面のなかで喜色を浮かべている。

「ああ、きっとだ」

「いつ頃ですかね」

そうさな、と琢ノ介はいった。こういうのはなかなかむずかしい。琢ノ介が見たところ、あと三年はかかると思えたが、そんなことをいったら、三造は稽古に来なくなってしまうかもしれない。

「熱心にやれば、今年中になんとかできるかもしれんぞ」

「今年中ですね」

三造の目が輝く。

「来年の正月明けの稽古では、師範代にきっと面をつけてもらいますぜ」

「その意気だ」

琢ノ介は突き放した。三造はよろけかけたが、踏んばって面を入れてきた。

琢ノ介は弾きあげ、そこから一気に攻勢に出た。受けるのはもう飽きた。

琢ノ介は容赦なく打ち、胴を見舞った。竹の弾ける音が響き渡り、三造ががくりと膝を折った。胴をつけていてもこたえたようで、苦しげな顔をしている。

「大丈夫か」

琢ノ介は声をかけた。

「大丈夫です。ありがとうございました」

「よし、立て」

琢ノ介は腕を差しのばした。三造ががっちり握り、立ちあがる。

「三造、楽しかったよ。またやろう」

「こちらこそ、またお願いします」

三造は別の門人を見つけて、再び稽古をはじめた。あの熱心さはすばらしい。

わしも見習わんといかんな。

琢ノ介も剣術をはじめた小さな頃は、竹刀を振るうのが楽しくてならなかった。その頃の思いを、三造は思いださせてくれたような気がする。

琢ノ介は竹刀を肩にのせ、また板戸を見つめた。あく気配はない。まだ悦之進たちは話し合っているのだ。

「師範代、暇ならあっしとやりませんか」

琢ノ介はゆっくりと向き直った。

「よし、弥五郎、やるか」

「お願いします」

最近は、稽古の終わり頃になると、弥五郎と打ち合うのが日課になっている。

弥五郎と竹刀を向け合った。弥五郎はうっすらと汗をかいている。十分に体はあたたまっているようだ。

それは琢ノ介も同じだ。

「では、いかせていただきます」

弥五郎が自信満々にいう。今日こそは倒してやる、という気迫に満ちている。

甲高い気合をほとばしらせて、弥五郎が突っこんできた。竹刀が振りおろされる。

はやい。琢ノ介は一瞬、見失いかけた。ほとんど勘で弾き返した。

竹刀の重さに瞠目せざるを得ない。昨日よりさらに重くなっている。

腕がしびれ、竹刀を引くのにややときがかかった。弥五郎はつけこんできた。

こういうのを見逃さなくなっている。前は見えなかったのだろうが、今は遠眼鏡でものぞいているかのように、はっきりとらえることができるのだろう。

弥五郎が選んだのは逆胴だった。琢ノ介の動きを見て、即座にこれが最も受けにくいと判断したにちがいない。

こういう判断もはやくなっている。手強いどころではない。

今の弥五郎は琢ノ介にとって、好敵手といっていいほどになっている。それが証拠に、他のすべての門人たちが手をとめ、この勝負に見入っている。

それでも、とぎりぎりで打ち返して琢ノ介は思った。今日はまだ負けないだろう。

しかし、それもいずれは、だ。いつか凌駕される。素質のちがいは明らかなのだ。

いや、そんなことは認めたくない。わしだって国元ではそれなりに名を知られた剣士だったのだ。

琢ノ介は弥五郎と激しく打ち合った。もう必死だった。少しでも気をゆるめれば、打ちこまれる。

琢ノ介はどうすれば勝てるか、汗がしたたり落ちてゆくなかで考えた。

いや、策など考えつくはずもない。竹刀のはやさで上まわるしかない。

それにはどうすればいいか。弥五郎の斬撃をはやさで上まわることなど果たしてできるものなのか。

この前、この道場に直之進がやってきたときを唐突に思いだした。矢板兵助とも竹刀をまじえたが、弥五郎とも戦っている。

むろん、直之進の圧勝だった。直之進はそれとわからぬように隙をつくるなどして好勝負を演じてみせ、弥五郎と一所懸命戦った顔をしていたが、余裕しゃくしゃくだったのを琢ノ介は見抜いている。

そうか、わしが直之進になればいいのだ。いや、直之進では気持ちがやさしすぎる。

それならば、直之進の宿敵倉田佐之助ではどうだろう。

あの男なら、きっと情け容赦なく弥五郎を叩きのめすだろう。

よし、わしは佐之助だ。

本当に体が軽くなり、斬撃が鋭さを増した。いきなり攻勢に出られて、弥五郎は面食らったようだ。

弥五郎が気圧されたように下がったところを琢ノ介は追いつめ、胴を見舞い、面を放った。

横に動いてかわした弥五郎に、逆胴を打ちこんだ。逆胴は受けられたが、弥五郎の体勢が少し崩れ、右足が流れた。

琢ノ介は見逃さず、突きを入れた。

竹刀は胸に入り、重い音が道場内に響き渡った直後、弥五郎が壁板に背中を打ちつけた。ああ、とまわりから悲鳴のような声があがった。一瞬、体が浮いたようにとまり、弥五郎は壁に背中を預けてずるずると腰を落としてゆく。

尻餅をついて、あぐらをかいたようにすわりこんでいたが、不意に呼吸がつまったような声をだした。

「いや、息ができませんでしたよ」

弥五郎が琢ノ介を見あげていう。声がややかすれている。

「大丈夫か」

痛みに耐えるように首を振った。

「師範代、今の突きはすごかったですねえ。見えなかったですよ」

琢ノ介が手を貸すまでもなく、弥五郎は立ちあがった。ふらついている。

「どうして急に変わったんですかい」

琢ノ介はにやりと笑った。

「そいつは秘密だ」

「教えてくれないんですかい。相変わらずけちですねえ」

「けちは認めるが、相変わらずなどというな」

「はあ、すみません」

門人たちはまたそれぞれの稽古に戻り、雪の朝のように静まりかえっていた道場に活気が戻ってきた。

その後、四半刻ほどで稽古は終わった。琢ノ介は皆の稽古を立ったまま眺めているだけだったが、弥五郎は新しく入ってきた者たちにていねいに竹刀の握り方から打ちこみの型まで教えていた。

本来それは琢ノ介の仕事だったが、弥五郎がやってくれるのならそれに越したことはない。

師範代がいちいち教えていたら、道場として重みがないだろう。そういうことも道場をやってゆく上で、とても大事なことだと思う。いずれ自分が道場をはじめたとき、こういう経験は役立つはずだ。

稽古が終わり、弥五郎が近づいてきた。

「ありがとうな」

琢ノ介は、門人たちを教えてくれている礼をいった。

「ああ、いいんですよ。あっしも教えるのが好きなものですから」

弥五郎が声を低める。

「師範代、奥を気にしていましたね」

「わかっていたか」

「中西さまたちが話をしているのは、この前、この道場を襲ってきたやつのことですかい」

「おそらくな」

「中西さまたちは、そいつのことをお調べになっているんですよね。調べがつきそうなんですか」

琢ノ介は首を振った。

「まだなんの手がかりもないようだな」

「さいですかい。いったい何者なんでしょうかねえ」

「わしも知りたい」

「師範代は、やり合ったんですよね」

琢ノ介は苦い顔をした。

「やり合ったなどといえん。ただ逃げまわっただけだ」

「相変わらず正直ですね」

弥五郎が感心したようにいう。

「お侍というと、本音をいわないことのほうが多いらしいじゃないですか。師範代はちがいますねえ」

「建前の話が面倒くさいだけだ。腹芸は俺には似合わぬ」

弥五郎が腕組みをする。

「できれば、あっしも中西さまたちのお役に立ちたくてならねえんですけど、そんなに強い相手じゃあ、足手まといになるだけですねえ」

「もっと強くなるまで、あの男の前に出るのはやめておいたほうがいい」

「さいですかい。残念ですねえ」

琢ノ介は静かに弥五郎の肩に手を置いた。

「今はあきらめろ。本当に死ぬぞ」

七

家を出て、佐之助は四半刻ほどで目当ての町に着いた。

ここだったな。佐之助は寺の門前で足をとめ、あたりを見渡した。

このあたりは寺町で、向かいに法蔵院、泰然寺という小さな寺が並んでいる。

佐之助は体の向きを変え、大寺の山門を見あげた。

瑞林寺と立派な扁額に記されている。

まちがいない。ここだ。

あのとき、三人の不良侍はこの門前で晴奈に絡んできたのだ。

あの遣い手は一番うしろにいた。

今思うと、一人だけ冷ややかな目をしていた。あれは腕に自信があったからだろう。このあたりでは無敵だったのではないか。

あのとき佐之助は、ここで晴奈と逢い引きしようとしていた。どうして瑞林寺の門前を逢い引きの場に選んだのか。

この寺に、江戸にはじめて水道を引いた男の墓があるからだ。

大久保主水《おおくぼもんど》の名で知られているが、忠行《ただゆき》という。三河の生まれで徳川家康に仕え、家康が江戸に移ってきた際、用水を引くように命じられたのだ。

大久保主水は、井の頭などに湧水があるのを見つけ、用水を引くのに成功した。これが神田上水のはじまりだ。

子供の頃から土木に興味があり、いつか自分もそういう仕事についてみたい、という夢が佐之助にはあった。

前から大久保主水の墓参りをしたく、ある夏の日、晴奈を誘ってみたのだ。晴奈はうれしそうにうなずいてくれた。

当日、連れ立って行けばよかったが、一緒に歩くことにどこか照れがあって、寺の前で待ち合わせることにした。

真上から強烈な陽射しが照りつけるなか、汗をかきかき急ぎ足で瑞林寺に向かうと、陽炎《かげろう》の向こうに晴奈の姿が見えた。

門前でじっと立っている。

俺を待っていてくれている。胸が熱くなったが、佐之助は走りはしなかった。もう少しあのいじらしい姿を見ていたかった。

あと半町ほどで瑞林寺に着くというとき、三人の侍が横合いからあらわれ、いきなり晴奈の手を引いた。どこかに連れ去ろうとしているのは明らかだった。

怒りに目がくらみ、佐之助は駆けだした。なにをするんです。そんな声がきこえそうなほど晴奈は必死にあらがっていた。

「待てっ」

佐之助は鋭く声を発した。佐之助を見つけた晴奈の目が輝く。

「きさまらっ、手を放せ」

「なんだ、うぬは」

一番若い男がねめつけてきた。顔には汗が一杯だ。卑屈な野良犬のような目をしている。

見ると、三人が三人とも同じような瞳だった。これまでろくなことをしてきていないのが、その目から知れた。

「きさま、この女のこれか」

にやりと笑って男が指を立てる。

「手を放せ」

佐之助は静かにいった。

「いやだといったら」

三人の侍は佐之助をなめていた。

「こんなやつと一緒にいるより、俺たちのほうが楽しいぜ」

一人が晴奈に向かって、不良侍のおきまりのような言葉を口にした。

「そうさ、俺たちのほうが楽しませてやれるからよ」

「放せといっている」

すっと近づいた佐之助は男の手を払い、晴奈を引いた。安堵したように晴奈がうしろにまわる。

「てめえ」

晴奈を取り返された男が、やくざ者のようにすごむ。

「きさまら、このまま去れば不問に付してやる。とっとと消えろ」

佐之助がにらみつけると、男たちにひるみが走った。勝負は決した、と佐之助は判断した。

「行こう」

晴奈と一緒に境内に入ろうとした。

「待てよ」

一人が佐之助の肩に手をかけた。佐之助は振り払った。

「てめえ」

拳を振りあげ、男が顔を殴りつけようとした。佐之助は軽くよけた。

地面から立ちのぼる暑さに加え、この男たちのしつこさに佐之助は苛立った。

また拳を振るってきた。避けて、佐之助は男の顔を張った。柏手を打ったように小気味いい音が響いた。

「てめえっ」

男が叫び、さらに殴りかかってきた。身を低くしてかわした佐之助は拳で男の腹を打った。酒を飲みすぎているのか、ぐにゃりとした感触が伝わった。

男は地面に膝をつき、苦しげに身をよじった。耐えきれずなにかを吐いた。

ほかの二人が、野郎っと叫んで刀を引き抜いた。まわりにはやくも集まっていた野次馬たちが、声をあげてうしろに下がった。

白刃を目の当たりにしても、佐之助の心は冷静だった。これまで厳しい稽古に耐えてきたという自負があった。

こんな連中にやられるはずがない。

そして実際にその通りになった。

三人の侍は門前でのびていた。刀を抜くまでもなかった。

まわりにいた町人たちが、声をなくして見つめていたのを、今もはっきりと思いだすことができる。

しかし、肝腎の三人に関してはあまり覚えがない。だから、よくあの遣い手の顔を思いだせたものだと思う。

晴奈が応援してくれたにちがいない。晴奈は俺が千勢とうまくいけばいいと願っていうことは、と佐之助は思った。

あふれるようなやさしさが感じられ、晴奈に会いたくなった。どうして死んでしまったのだろうか。

あれ以降、佐之助は晴奈と逢い引きをするときは常に一緒に歩くようにした。

佐之助は瑞林寺の山門を見あげた。

あの三人がここで晴奈に目をつけたということは、この寺の境内に連れこみ、手ごめにする気だったからか。

大木が鬱蒼と茂っているが、そんなに暗さはない。先祖の墓参りでもするのか、山門をくぐってゆく者も多い。

あのとき、と佐之助は思いだした。あの三人は別のところに晴奈を引っぱっていこうとしていなかったか。

手ごめにするのに、もっと都合のいい寺や神社を知っていたということか。

このあたりに土地鑑があるということだ。

晴奈は俺が駆けつけたからなにごともなくすんだ。だが、もしやほかにあの三人の毒牙にかかった者がいるのではないか。

そんな気がしてならない。

考えすぎか。

いや、あいつらのぎらついた目は部屋住としてのいらつきだけではなかった。女に対する欲望が色濃くあらわれていた。

よし、捜してみよう。

佐之助は瑞林寺の門前をあとにし、谷中町の自身番に入った。

自分の人相書がまわっているかもしれないが、自身番の者にどうせ俺をつかまえられるはずもない。

佐之助はつめている町役人に、例の遣い手の人相書を見せた。

「この男を捜している」

町役人たちは次々に人相書を手にしてくれたが、一様に首を振るばかりだった。

「申しわけない、存じません」

佐之助も、いきなり手応えをつかめるとは思っていない。

「五年前のことだが、女を手ごめにするような事件が起きておらぬか」

「いえ、そういうことはなかったと」

自身番のなかで最も年かさの男が答える。

思いだそうとする姿勢は見せてくれたので、佐之助としても無理強いはできない。

自身番を出た。むろん、こんなことであきらめるつもりはない。次の自身番に向かう。手がかりが見つかるまで、今日は家に戻るつもりはなかった。

千勢だって、江戸にいくつあるか知れない船宿を虱潰しにして、利八殺しの犯人の手がかりをつかんだのだ。

この俺が負けるわけにいかないではないか。

しかし、俺としたことがどうしてこんなに力んでいるのか。

千勢の笑顔を見たいのだ。

利八の仇を討てば、きっと弾けるような笑顔を見せてくれるはずだ。

今、なにをしているのだろう。顔を見たい。

千勢の長屋に足を向けそうになり、佐之助は自らを制した。

会いに行くのは、手がかりをつかんでからだ。

八

人が通らないのを確かめて、桶の水を撒く。扇のように水が広がり、地面に落ちる。かすかな土煙があがるが、それもやや強い風にさらわれてすぐに消えてしまう。

千勢は無心に水を撒いた。

もうじき店があく刻限だが、どことなくあたりは物寂しい感じがする。人通りが少ないというわけではない。

道を行きかう人たちが、この店を避けているように感じてしまうのだ。

思いすごしだろうとは思う。でも、今の料永は、本当に客が入りにくい店になってしまっているのではないだろうか。

なにしろ、店はばらばらになる寸前なのだ。利八の姉と弟の確執がひどく、今日も午前から、主だった奉公人も入れて話し合いが持たれたらしいが、まとまらなかったようだ。

それは仕方ないことだろう。どちらも欲を丸だしにしているのだから。

どちらかが引かない限り、店の株を持つ者が決まるはずがない。

本来なら、料永にまったく関わっていなかった姉と弟が株を持てるはずもないのだが、正式な跡取りのお咲希がまだ八歳ではどうにもならない。

姉と弟という、利八に最も近い者に後見人として店をまかせるしかないというのが、誰もがうなずく方策だった。

店のためだけを考えるのなら一刻もはやく決まってほしいところだが、おそらく永久に決まらないのではないか。

姉と弟にあおられた二人の番頭の仲は、もうどうにもならないところまできてしまっている。店の雰囲気は悪く、それを感じた得意客も早々に引きあげてしまう。

今、客の入りはよくない。

話をきくと、仕入れもうまくいっていないらしい。古くからつき合いのある店が、嫌気をさして次々に取引をやめてしまうのだ。

千勢は水を撒き続けた。

「お千勢さん」

背後から、か細い声がきこえた。千勢の本名を呼んでいる。お咲希が暖簾のかかっていない入口にいた。

「お咲希ちゃん、どうしたの」

「お千勢さん、もうないよ」

「えっ」

「水。もう空でしょ」

千勢は桶を見た。

「恥ずかしいわ」

「なにを考えていたの」

千勢は近くを見渡した。奉公人の姿はない。

「お咲希ちゃん、こっちで話しましょう」

お咲希の手を引いて、千勢は店脇の路地に入った。

高い塀に囲まれているが、まだ春の陽射しがたっぷりと入りこんでいる。うまい具合に隣の家の母屋を避けて、傾いた日の光が射しこんできていた。

千勢は料永の塀に背中を預けた。塀は熱を持っている。

「あったかいね」

千勢の真似をしたお咲希がうれしそうに笑う。

「気持ちいいでしょう」

「うん」

お咲希が目を閉じた。かわいい顔をしているなあ、と千勢は思った。赤子がそのまま成長したような、ふっくらとした頰に日が当たり、熱を帯びたように輝いている。

視線を感じたようにお咲希が目をあけた。

「お千勢さん。お店、どうなってしまうのかしら」

お咲希もわかっているのだ。落ちこんでいた。

このままでは潰れてしまうだろう。しかし、そんなことをお咲希にはいえない。

「大丈夫よ、きっとなんとかなるわ」

「ほんとに？」

「お邦《くに》さんに奈良蔵《ならぞう》さんだったわね。旦那さまのお姉さんと弟さんで、お咲希ちゃんの大伯母と大叔父に当たる人なんだから、店によくないことをするはずがないわ」

お咲希がうなだれる。

「でもあの二人、目が血走っているの。店をよくしようなんて気、まったくないんじゃないかしら」

やはりお咲希はちゃんとわかっている。

「どうなってしまうのかなあ。あの二人、売ってしまうんじゃないかしら」

千勢ははっとした。考えたことはなかったが、手っ取りばやく金にするには最も近道だ。売ったあと山わけするのなら、そんなにもめることはないかもしれない。

お咲希がそんなことを口にするくらいだから、薄々でもそういう雰囲気は感じているのだろう。

「店が売られてしまったら、私、行き場がないわ」

「大丈夫よ。お邦さんか奈良蔵さんのどちらかが引き取ってくれるはずだから」

千勢がそういうと、お咲希がじわっと涙を浮かべた。

「あの二人のところなんか、行きたくない」

残酷な言葉をいってしまったのに千勢は気づいた。

「いいわ、お咲希ちゃん、いやだったら私のところに来て。ううん、是非とも来て」

喜色があらわれた。

「本当？」

「本当よ。お咲希ちゃんのためなら、なんでもしてあげる」

「うれしい」

お咲希が抱きついてきた。

やわらかでいいにおいがする。でも細くて、体は驚くほど軽い。

こんな小さな女の子に苦労をしょわせる大人が、とても憎らしく思える。

「いいにおいがする」

お咲希が胸に顔を押し当ててつぶやいた。

「お千勢さん、匂い袋を持っているんだったね」

「そうよ」

千勢は取りだした。

「心が落ち着くね。好きな人にもらったの？」

千勢は微笑した。藤村円四郎のことが思いだされたが、不思議と胸は痛くない。

「ええ、そうよ」

「今好きな人から？　それとも昔好きだった人から？」

千勢はどう答えようか迷った。

「当ててみせましょうか」

千勢から離れて、お咲希がまじめな顔でいう。

「昔の人ね」

どうしてわかるの、といいそうになって千勢はいい直した。

「どうしてそう思うの」

「お千勢さん、うちで奉公をはじめたときからその匂い袋、持っていたでしょ。そのときは好きな人の仇を追っていたのよね。好きだったその人を忘れないために、いつも身につけていたのじゃないかなあ、と思ったの」

「その通りよ。相変わらずお咲希ちゃんは頭がいいわね」

いつしか店がはじまる刻限になっていた。千勢はお咲希と一緒になかに戻った。

予期していた以上に暇な夜だった。

客はほとんど来ない。来ても、居心地の悪さを感じたようにそそくさと帰ってしまう。

千勢にはたまらなくときが長く感じられた。

ようやく店が終わったときには、正直、ほっとした。今の料永には、働く喜びは微塵もない。

帰路につく。同じ女中として働いているお真美《まみ》が一緒だ。

「ねえ、お登勢さん」

お真美が声をかけてきた。風が吹いて提灯が揺れ、近くの家を淡く映しだした。路地では野良犬が横になっていた。千勢たちを見ると、うなり声をあげた。

「おおこわ」

お真美が早足になる。野良犬は千勢も苦手で、逃げないほうがいいとは知っているが、どうしても足ははやくなってしまう。

「お真美さん、なにをいいかけたの」

「ああ、そうだったわね。——私、もうやめようと思っているの。働き口はいくらでもあるから。お登勢さんも一緒にどう」

千勢は即答できない。やめるのはたやすいが、お咲希を見捨てるような気がしてならない。

「すぐには答えられないわよね。決心がついたら、お登勢さん、話してね」

「わかったわ」

うしろで野良犬の鳴き声が響いてきた。

「いやだ、獲物でも見つけたのかしら」

お真美が眉をひそめる。

「お登勢さん、ここでね。また明日」

角《かど》でお真美とわかれ、千勢は長屋に戻った。

障子戸をあける。倒れこむように土間に入り、心張り棒をかました。

疲れた。本当に疲れた。

料永で賄いを食べたので、腹は空いていない。

体をとにかく休めたかった。いや、心のほうだろう。

湯屋に行きたかったが、今宵に限ってはそれも億劫だった。あと四半刻ほどで四つになろうとするこの刻限ではいつも残り湯みたいなものだが、必ず汗を流したものだ。

だが今日はその気も起きない。布団を敷き、横になろうとした。

障子戸を叩く音がした。風だろうか。いや、佐之助かもしれない。

一瞬、心が躍った。千勢は土間におりた。用心のために誰なのかきく。

か細い声がした。障子戸をあけると、小さな影が立っていた。

「お咲希ちゃん」

「ごめんなさい」

どうしてお咲希がやってきたのか、その理由はきく必要がない。

「入って」

千勢はお咲希を招き入れた。お咲希がこの長屋を知っているのは不思議ではない。以前、音羽町に住んでいるのを話した。

千勢ははっとした。先ほどの野良犬の鳴き声。あれはお咲希が吠え立てられたのではないか。

暗い夜道を提灯も持たずに一人、歩いてきたのだ。どんなに心細かっただろう。

そんなお咲希がいじらしくてならなかった。

その夜、千勢とお咲希は一緒の布団で抱き合うように寝た。

第三章

一

「きいたかい」

さいころの目をじっと見ながら、九平《くへい》という男がいった。

「きいたってなにを」

太之助はきき返した。

「文が届いたらしいんだよ」

「文ってなんだい」

「おいらも知らねえ。でも、なんとなく屋敷内が騒がしくはねえかい」

そうかな、と太之助は首をのばした。そういう姿勢を取っても、屋敷のなかが見渡せるわけではない。ここは高築平二郎屋敷の中間部屋だ。

一時雇いの中間たちが丁半博打に興じている。煙草の煙と人いきれで暑い。柄の悪い声が響き渡っており、ときに喧嘩につながることも珍しくないが、酒がそんなに入っていないこともあるのか、今はそれなりに静かだ。

「ちょっと中座させてもらうよ」

太之助は立ちあがった。文というのは、もしや平二郎からきたものではないのか。それとも、平二郎をかどわかした者からか。

もしそうであるならば、こんなところでのんびりとしていられない。

「気になるかい」

見あげて九平がにやりと笑いかけてきた。どことなく油断のならない男だ。

「まあな」

太之助は中間部屋を出た。

九平に文のことを先に知られたのは、おもしろくない。これでは登兵衛の諜者としての意味がない。

それにしても、と太之助は思った。あの九平という野郎、何者なのかな。ただ者ではないような気がする。罪を犯し、この屋敷に転がりこんできたのか。

そういう男はごろごろしている。武家屋敷に町方の手は及ばないのだから。

いや、九平のことはいい。今は文だ。

その文は誰の手元にあるのか。必要とあらば忍びこんで捜してもいいと思うが、こんな真っ昼間では無理だ。

ただし、手をこまねいているわけにはいかない。

やつをつかうしかあるまい。

太之助が登兵衛に、内偵のための手は打ってあります、と見得を切ったのはこういうときのためだ。

どこにいるかな。

太之助は中庭に出た。九平のいう通り、確かにあわただしさが感じ取れる。

しかし、いわれてはじめてそうとわかるくらいで、ふつうの者には無理だろう。

あの野郎、いったい何者なんだ。いや、はやく幸之輔《さちのすけ》を捜さなければ。

高築屋敷で、あるじの平二郎に最も信頼されている用人は若松助右衛門《わかまつすけえもん》というが、幸之輔はそのせがれだ。

この屋敷にもぐりこんで半月ほどたつが、一番最初に太之助が目をつけたのが幸之輔だった。

父親の助右衛門は眼光の鋭さがあって押しだしもよいが、幸之輔のほうは目が濁り、身なりもととのっておらず、人としてだらしなく見えた。

きっと酒と女に目がないたちだろうと踏んで、一度飲みに誘った。

「あっしはつい最近このお屋敷に世話になりはじめた者ですが、新参者のならいで右も左もわかりません。一献傾けながら、できますればお屋敷の習わしなどを、お教え願えませんでしょうか」

ろくに見も知らぬ中間に誘われて少しは警戒するかと思ったが、そんなそぶりなどまったく見せず、幸之輔はただ酒が飲めることをひたすら喜んでいる風情だった。その喜びようから、父親はせがれを信用しておらず、ろくに小遣いも与えていないのだろう、というのがわかった。

とにかく、飲みに行った日を境に幸之輔とは急速に親しくなった。

酒だけでなく、女も抱かせた。幸之輔は博打も好きで、寺で行われている賭場には何度も行った。

博打は下手の横好きにすぎず、場を読むのがからきしだった。たいして博打をやらない太之助が見ていても、それはちがうだろう、と思うことがたびたびあった。

幸之輔が大負けするたび、太之助は金を用立ててやった。雇われ中間にすぎない太之助がどうしてそれだけの金を用意できるのか不思議に思ったこともあるのかもしれないが、幸之輔が問いただしてきたことはない。

太之助の正体を知って、金蔓が途切れてしまうのを怖れているのかもしれない。

太之助は母屋に向かった。敷石を歩いてきた若侍に、幸之輔を呼んでくれるように頼んだ。若侍の顔は紅潮している。やはりなにかあった証だろう。

「幸之輔どのになに用だ」

声もとがっている。

「いえ、幸之輔さまがあっしをお呼びになったのです」

幸之輔を呼びだすときの口実だ。

「待っておれ」

舌打ちしそうな表情で若侍はきびすを返し、母屋に消えていった。

すぐに幸之輔をともなって戻ってきた。

幸之輔はうれしそうな顔をしている。また飲みに行き、女を抱かせてもらえると思っているのだ。

太之助に近づいてきた幸之輔が若侍に、造作をかけた、といった。若侍が一礼して去ってゆく。

「今日はどこに行くんだ」

好きな女との逢い引きへ出かけるようにうれしそうにきいてきたが、相変わらず締まりのない顔と体だ。顔は下ぶくれで、目にはほとんど力が感じられない。体は大福を思わせる。

太之助は無視して、庭の大木の陰につれていった。

「文が届いたってききました」

「早耳だな」

「あっしも中間仲間にきかされたんですよ。誰からです。お殿さまですか」

「かもしれんな」

雇われ中間風情が、と見くだした感じが言葉に含まれている。

「ご存じないんですか」

「俺なんか関係ねえからな」

わざと伝法な口調でいう。

「太之助こそ、どうしてそんなことをきくんだ」

太之助は本名を名乗っている。不用心かもしれないが、そのほうが無理が出ない、と考えてのことだ。

「雇われ中間とはいえ、お殿さまのことは心配ですからねえ」

「殊勝だな」

「どうなんです。文の中身はわかりますか」

「さあて、どうかな」

見れば見るほど意地汚い顔をしている。あの立派な父親から、どうしてこんなせがれができたのか。しかし鷹から常に鷹が生まれるものではない。

太之助は懐から小判を取りだし、かざした。

「これでいかがですかい」

おっという顔で幸之輔が手をのばす。

「待ってください」

太之助は小判を引っこめた。

「幸之輔さま、中身はご存じないんですよね。調べてくれれば差しあげますよ」

「本当だな」

疑ぐり深い目で見る。

「嘘は申しません」

「待ってろ」

幸之輔は、足音荒く母屋に戻っていった。

果たしてうまくやるかな、と太之助は思った。ここで気をもんでも仕方ない。幸之輔はたわけそのものだが、たわけなりに知恵を働かせるにちがいない。

四半刻ほど待った。さっきまでは晴れていて、春らしい陽光が降り注いでいたが、雲が多くなり、やや肌寒い風が吹きはじめている。太陽は厚い雲に隠れつつあった。

やがて、太陽が意地を見せるかのように雲をするりと抜けた。陽射しが戻ってきたのとときを合わせるように幸之輔が姿を見せた。

「わかったぞ」

興奮して、だいぶ汗をかいている。

「もう少し低い声でお願いします」

「金をよこせ」

「先にお話を」

幸之輔が話しだそうとして唾を飲みこむ。太い首が生き物のように動いた。

「しかし苦労したぜ。親父の野郎、どうしていきなり殿の失踪に興味を持つんだ、とな。なんとかごまかして、文を読ませてもらった。文は殿からきたものだ。読んだ限りでは、自害を示唆していた」

「自害ですかい」

「ああ、五年前にとある御蔵役人に濡衣を着せ、自害に追いこんだのは自分たちだ、と記されていた」

濡衣を着せられ自害した御蔵役人というと、中西君之進だろう。

「濡衣を着せた理由が、その文には書いてありましたか」

「書いてあった。その御蔵役人は中西君之進というらしいんだが、まじめでうっとうしかった。仲間に引き入れようとしたが、拒否された。自分たちは帳簿を改ざんし、米の横流しをした。帳簿はすでに始末した」

「ほう」

「これで終わりじゃない。――横流しの米をまかせていた信濃屋儀右衛門が死んで、逃げきれないとさとった。罪を詫び、三人そろって自害することにした。――とまあ、こういうわけだ。はやく金をよこせ」

「筆跡はどうなんですか。お殿さまのものなんですかい」

「紛れもなくな。俺は何度も殿の手跡を見ている。かなり癖のある字なんだ。あれはまちがいなく殿のものだ」

「自害の場所は書いてありましたか」

「地名などは書かれていなかった」

「信濃屋儀右衛門という人物が死んで、とあったとのことですが、その信濃屋さんも三人が殺したんですかね」

「どうかな。そのことには触れてなかった」

おそらく、と太之助は思った。同じ内容の文が、他の二人の御蔵役人の屋敷にも届いているはずだ。

何者かに脅されて書かされたものであるのは、疑いようがない。やはり三人は連れ去られたのだ。

こんな文を書かされた以上、完全に用ずみになり、すでに始末されたかもしれない。

太之助の耳には、はやく金をよこせ、という幸之輔の声はろくに届いていなかった。

一刻もはやく、登兵衛に知らせなければならない。

二

静かに息を吐きだし、すっと木刀を持ちあげた。

無言の気合とともに振りおろす。大気を切り裂く、小気味いい音がした。

腕は衰えていない。それがわかって、直之進は少し安堵した。

しばらく木刀を振り続けた。

四半刻ほど振ったが、息が切れることはなかった。体もなまっていない。

最後に深く呼吸してから、木刀をおろした。どっと汗が出てきた。

「これをどうぞ」

直之進の稽古の様子をずっと見ていた登兵衛が手ぬぐいを渡してくれた。

直之進はありがたく受け取り、汗をふいた。

「しかし、湯瀬さまの腕はすさまじいものですなあ」

心から感嘆している。

「手前の腕など知れたものと、いやになるほど思い知らされますよ」

「剣はだいぶやったのかな」

「やりました。子供の頃からずっとです」

登兵衛が残念そうに首を振る。

「あれだけ一所懸命やったのに、湯瀬さまの足元にも届いていないというのは、いったいどういうことなのか、と思いますよ。天をうらみたくなってしまいます」

「そういうものではないさ」

直之進は、登兵衛の座る濡縁に腰かけた。

「それぞれ適所というのが、あるんだろう。登兵衛どのは探索の采配を振るい、俺は剣の腕で登兵衛どのを守る。そういうことなのではないかな」

「そうなんでしょうね。手前に湯瀬さま並みの腕があったら、用心棒は必要ないということでしょうからな」

「そうなれば、こちらも商売あがったりだな」

「お互い、足りないところを補い合うということでよろしいのでしょう。持ちつ持たれつ、ですね」

直之進は門のほうに目を向けた。

「誰か来たようだ」

「どなたでしょう」

「悪い者ではない気がする」

「湯瀬さまがそうおっしゃるのなら、大丈夫でございましょう」

直之進は汗をふき終えた。

「それは手前がいただきましょう」

登兵衛が手ぬぐいを受け取る。奉公人を呼び、手ぬぐいを渡した。

その奉公人が去ってゆき、入れちがうように別の奉公人がやってきた。

「旦那さま、お客さまです」

「どなただ」

「それが湯瀬さまのお客人です」

奉公人が名を告げる。

直之進は客の人相風体をたずねた。えらが張り、目が細い。がっしりとした骨太の体つき。それで十分だった。

直之進は客間に行った。登兵衛には隣の部屋にいてもらうことにした。用心棒が雇い主のそばを離れるわけにはいかない。

奉公人に案内されて、客間に米田屋光右衛門が入ってきた。

「湯瀬さま、お久しぶりでございますねえ」

直之進が正座するやいなや、光右衛門は手を取らんばかりにすり寄ってきた。

「米田屋、その脂ぎった顔を近づけるな」

「湯瀬さま、なんという申されようでございますか。久方ぶりの再会というのに」

本当に手を握ってきた。

「ちょっと待て、米田屋」

直之進は手を振り払い、うしろに下がった。

「米田屋、おぬし、宗旨替えをしたのか。誰かさんに似てきたぞ」

「その誰かさんというのは、どなたでございますか」

「いわずともわかろう」

「まあ、そうでしょうねえ。失礼をばいたしました」

直之進は光右衛門を見直した。さっきまでのべたつきようはどこかに消えてしまった。光右衛門の顔は平静なものに戻っている。直之進がよく知っている口入屋のあるじとしての表情だ。

「米田屋、なにかあったのか」

「いえ、なにも」

しらっと答えた。

「今日はなにか用事か」

「用事がないと、訪ねてきてはまずいんでございますか」

「そんなことはないが」

「娘たちが湯瀬さまのことを気にしているものですから、どうされているのかとのぞきにまいったんでございますよ」

おきくにおれんの二人だ。そういわれれば、ずいぶん会っていない。顔を見たくなってきた。

光右衛門が細い目をさらに細めて、見つめてくる。

「お顔の色もよいようですね。つつがなく暮らしていらっしゃる」

「よくしてもらっているからな」

「毎日、おいしいものばかりいただいているのではございませんか」

「まあな」

「娘たちのこしらえるものでは、物足りなくなってしまわれるのではございませ

「んか」

「それはあるまい」

直之進は否定した。

「あの二人の包丁の腕はすばらしい。あれだけうまい食事は江戸のどこへ行ってもそうは食べられまい。そんな食事が物足りなくなるはずがない」

「ありがたいお言葉です。娘たちにさっそくきかせてやります」

「三人とも元気か」

三人というのはおきく、おれんのほかにおあきがいるからだ。

「もちろんでございますよ」

光右衛門が咳払いした。

「湯瀬さま、実は手前、用事がないわけではないのでございます」

「なんだ。きこう」

光右衛門が一礼してはじめた話は、富士太郎に見合いがあるとのことだった。

「ほう、いいことではないか。富士太郎さんにとっては願ってもないことだろう」

直之進は心からいった。うまく話が進めばいい、と願う。

「それだけですか」

「それだけって、ほかにいいようがあるのか。嫁をもらえば、富士太郎さんも変わるのではないか」

光右衛門が小さく笑う。

「さようですよね」

それからしばらく景気の話などをして、光右衛門は帰っていった。

なにをしに来たのかな。直之進はなんとなく釈然としないものを感じた。

光右衛門が戻ってきた。

樺山富士太郎は縁台から立ちあがって出迎えた。少しどきどきしている。

「話してくれたかい」

「もちろんですよ」

光右衛門が縁台に腰をおろす。

「どうだった」

「その前にお茶を飲ませてくださいよ」

光右衛門が看板娘に茶を頼んだ。すぐに持ってこられた茶を口に含み、縁台にある饅頭に目をとめた。

甘い物に目がない富士太郎が頼んでおいたものだ。一緒にいる珠吉も食べたが、光右衛門のために残しておいたのだ。

「これ、いただいてもよろしいですかい」

「ああ、食べとくれ」

ゆっくりと一つ食べてから、また茶を飲んだ。もう一つを手に取り、ちぎるようにして口に入れる。

それがときを稼いでいるようにしか思えず、富士太郎は悪い予感を抱いた。

結局、三つの饅頭を食べてから、光右衛門はふう、と息を吐きだした。決心したように口をひらく。

「湯瀬さまですが、見合いのことを心から祝福していらっしゃいましたよ」

「本当かい」

富士太郎は悪い予感が当たったのを知った。

「本当です。嫁をもらい樺山の旦那が変わってくれればよい、ともおっしゃってました」

富士太郎はがっくりした。直之進が見合いをやめるようにいえば、母にそのことを一所懸命に頼むつもりだった。

だが、直之進にその気はないのだ。

「旦那、前からいってますけど、湯瀬さまのことはあきらめたほうがよろしいですよ」

珠吉がやっぱりなといいたげな顔でいう。光右衛門も同感の表情だ。

富士太郎は答えなかった。顔をあげて光右衛門を見る。

「米田屋さん、すまなかったね。忙しいのに手間をかけさせてしまったよ」

「いや、いいんですよ。手前は樺山の旦那をお仲間と思っていますから」

ではこれで、と光右衛門が一礼して帰ってゆく。

富士太郎はうしろ姿を見送ったが、力が出ない。腰が落ちそうになる。

「旦那、大丈夫ですかい」

珠吉が支えようとする。

「大丈夫だよ」

富士太郎は無理にしゃんとした。しかしそれはうわべだけで、体に力は入っていない。

やっぱりあきらめるべきなのかねえ。でもあきらめきれないねえ。

「旦那、これからどうします」

「湯瀬さまのことかい。どうするかねえ」

「ちがいますよ。仕事のことです。この茶店でだいぶときを食っちまいましたからね」

曇り空だが、花曇りというのかかなりあたたかい。風も穏やかで、まわりの木々は心地よげに揺れている。

「例の遣い手の探索をしなきゃ、仕方ないねえ」

「やりますかい」

「やるともさ」

そういったら、本当に体に力が戻った。気持ちもしっかりしてきた。

「よし、珠吉、行くよ」

富士太郎は茶店の代金を払い、歩きだした。

「旦那、米屋のことも忘れずに当たらないと駄目なんですよね」

「ああ、そうだよ。安売りの米を売っている店の調べも怠りなくやらないとね」

歩きだしてしばらくして、自身番があった。駒込追分町の自身番だ。

「ああ、旦那」

町役人の一人が呼びかけてきた。

「先ほど御番所のほうからお使いがまいりまして、旦那にお知らせしておくように、とのことです」

「なんだい」

町役人が伝えたのは、失踪した三人の御蔵役人の屋敷に同じような内容の文が届いたというものだった。

三人の御蔵役人の失踪は、とうに奉行所できいている。たびたび奉行所を訪れる徒目付からも捜しだすようにいわれていたが、その文の中身をきいて富士太郎は驚いた。

「三人で自害するっていうのかい」

「ええ、そうらしいですよ」

おかしい、と勘がいっている。中西悦之進の父君之進を死に追いこんだのは、五年も前のことだ。それが今頃になって良心の呵責に駆られるというのは、不自然以外のなにものでもない。

なにかあるね。富士太郎の体に流れる同心の血が、そう告げている。

三

だいぶ待たされている。

なにかあったのかもしれぬ、と中西悦之進は思った。

いきなり訪れるのは無礼と思い、昨日、悦之進はこちらの都合をきいたのだ。今日ならば非番で屋敷にいるとの返事がもたらされ、さっそく訪れたのだ。

しかしもう半刻近く、客間で正座したままだ。さすがに足がこわばりはじめている。

すっかり冷たくなってしまった茶を飲みほし、ほかにすることもないので、悦之進はこれまでのことを思いだした。

父の突然の死。家の取り潰し。いきなり路頭に迷ったものの、家臣たちの尽力で町道場をやることになった。

ろくに剣術の腕はなく、不安だらけだったが、門人を町人だけにしぼった結果、予期した以上に腕を磨きたい者が集まってくれた。その者たちが、教え方がていねいで上手と友達や仲間、知り合いに喧伝してくれて、道場は考えてもいなかったほどの繁盛を見たのだ。

道場をやるように勧めてくれたのは、矢板兵助だった。腕がすばらしいのは知っていたから、兵助を師範代に据えようとしたのだが、兵助は断った。町人に教えるのは性に合いませんと理由を口にしたが、実際には君之進の仇を討つための探索に没頭したかったのだろう。

門人たちの月謝の払いが滞ることもなく、道場はうまくまわりはじめ、おかげで探索のほうにだいぶ金をつかえるようになった。

父の仇など忘れ、このままでいいではないか、と思うこともあったが、今は直之進たちと知り合えて、仇を報ずるのもそんなに遠い日ではない、と思えるようになっている。

この屋敷には兵助たちも来たがったのだが、一人のほうが話がききやすかろう、ということで悦之進一人で訪問したのだ。

兵助と尽一郎が屋敷の外で待っている。悦之進の護衛だ。

廊下を静かに歩く足音がきこえてきた。

「待たせた」

襖があき、大柄な男が入ってきた。同時に悦之進は頭を下げた。

「お久しゅうございます」

「うむ、本当に久しぶりだ」

目の前にいるのは、失踪した三人の上役の朽木忠左衛門だ。

「悦之進、面をあげてくれ」

悦之進はその言葉にしたがった。

「ふむ、あまり変わっておらぬな」

悦之進は控えめに見返した。忠左衛門もあまり変わっていない。鬢《びん》のところに白髪が増えたのが目立つ程度だ。

眉が墨でも塗ったように太く、目がやや飛びだしているかのようにぎろりとしている。がっしりとした顎はなんでも噛み砕きそうなほどに頑丈そうだし、厚い唇を持つ口はほどよく引き締められ、いかにも意志の強さをあらわしている。

考えてみると、忠左衛門は父の無実を強く訴えてくれた人だ。それを実はふりにすぎないのではないかと疑い、忠左衛門の周辺を調べた。

こうして会ってくれた忠左衛門を見ると、以前と同じくとても澄んだ目をしていて、よこしまな考えなど一切持たない人物に思える。この人を疑うなど、まったくの考えちがいだったことを恥じたい気分になる。

忠左衛門は君之進と気が合ったらしく、身分のちがいを越えてよく中西屋敷に遊びに来た。君之進とは酒を飲みながら談笑し、ときに笑い声が悦之進の部屋まできこえてきたものだ。

あの頃は平穏だった。なんの不安もない暮らしがずっと続くものと悦之進は考えていた。父が隠居したら、自分が御蔵役人になることを自然に信じていた。

「あのときもし君之進がはやまらずにいれば——」

忠左衛門の声が降ってきた。

「ちがった結果になったかもしれぬ」

悦之進は忠左衛門を見た。

「切腹してのけたことで、罪を認めたも同然になってしまったゆえな」

「しかしそれは——」

「わかっている。君之進が疑われたこと自体を恥じて腹を切ったことはな。わしもその知らせをきいて悲しかった」

忠左衛門が穏やかに見つめてきた。

「悦之進、今も君之進の仇を討とうとしているのか」

「はい」

「どうだ、やれそうか」

「やれると信じています」

「そうか。君之進が亡くなってもう五年か。はやいな」

まったくだ、と思う。

「今日来たのは、失踪した三人のことか。それとも、またわしに疑いをかけているのか」

悦之進は衝撃を受けた。

「ご存じだったのですか」

「当たり前だ」

忠左衛門が柔和に笑った。

「そなたは素人ではないか。その道をもっぱらにする者ならともかく、素人が動きまわればすぐにわかる」

「さようでしたか」

宙に消え入りたい気分だ。

「お怒りに？」

「そんなことはない。そなたの気持ちはわかったから。だが、君之進とはあれだけ長くて深いつき合いをしてきて、そのせがれに疑いを持たれたと知ったときは残念な気がした。わしはそなたをずっとかわいがってきたと思っていたゆえな」

「申しわけなく思います」

「もうよい。気にしておらぬ」

忠左衛門が表情を引き締めた。

「今日、訪ねてまいったのは、三人のことを耳にしたからだな」

「さようです」

「なにをききたい」

「見つかりそうですか」

「三人の男が消え、わしは何度も徒目付に呼びだしを食らった。それはよい。わしの監督不行届はまぬがれぬゆえ、お役御免になるのはまちがいなかろう。殿中に来るなともいわれた。それゆえ、今日は非番と相成った」

そうだったのか、と悦之進は思った。

忠左衛門が少し間を置く。

「見つかりそうか、か。どうだろうかな。今朝、新しい動きがあった。そなたにすぐ会えなかったのは、そのためだ。いろいろ話をきいていた」

誰とどんな話をしたのだろう、と悦之進はいぶかった。お役御免も同然の男に、新しい動きを知らせる者がいるものなのか。

その思いが面に出たのか、忠左衛門が説明する。

「お役御免は決定も同然とは申せ、わしに心を寄せてくれる者はまだいる。そういう者が教えてくれる」

「新しい動きと申されますと、どのようなことですか」

悦之進は期待をこめてきいた。

「そなたには教えてもかまわんだろう」

忠左衛門が独り言のようにつぶやいた。

「三人の屋敷に文が届いたらしい」

「どのような文です」

「それはわしも知らぬ。知らせてくれた者も知らなかった。おっつけ知らせてくれるかもしれぬが、すぐには無理かもしれぬ」

なんとしても文の中身を知りたかったが、悦之進にはそのすべはない。

「いなくなった三人が米の安売りに関わっていたかもしれぬのは、ご存じですか」

「いや」

心底、意外そうだ。

「御蔵から横流ししていたということか」

「十分に考えられます。今度の失踪は口封じではないかと思われます。このまま三人にすべての罪を着せて殺し、幕引きを狙ったものではないか、と」

「となると、遺書を書かされたということか」

「そうかもしれません」

「悦之進、今、口封じといったな。三人の上に黒幕となる者がいるのか」

「まずまちがいありません。少し長くなりますが、これまでの経緯を説明させてもらってよろしいですか」

「うむ、話してくれ。ときだけは、もはやたっぷりとあるのでな」

悦之進は、米の安売りのことや信濃屋儀右衛門が殺されたことなどを順を追って話した。

「そのようなことが行われていたのか。黒幕の正体は？」

「わかりませぬ」

悦之進は忠左衛門を見つめた。

「朽木さまにお心当たりはございませぬか」

忠左衛門はむずかしい顔をした。

「ない」

あわただしく廊下を滑る足音がきこえてきた。文に関する新たな知らせがもたらされたのでは、と悦之進は期待した。

襖越しに忠左衛門を呼ぶ声がきこえ、失礼します、と襖があいた。忠左衛門の家臣が顔を見せ、客人にございます、と告げた。

「どなただ」

家臣が悦之進を見る。

「かまわん。申せ」

徒目付とのことだ。

「またか。話すことなどなにもないぞ」

忠左衛門がやれやれという顔をする。悦之進に目を向けた。

「徒目付から文の内容を知ることができるかと思っているかもしれぬが、それはまず無理だ。あの男たちは口が異様にかたく、そしてとにかくしつこい。悦之進、面倒にならぬうちにはやく帰ったほうがよい」

徒目付のことは悦之進も知っている。顔を合わせ、ねちねちと根掘り葉掘りきかれるのは避けたほうがいいだろう。

悦之進は退出し、家臣に導かれて玄関を目指した。ちょうど徒目付らしい男が二人、廊下をこちらに歩いてきた。

一礼した悦之進は顔を下げつつ二人の横をすり抜けるようにしたが、牛の舌でなめられたかのように粘っこい視線が全身をぞわりと這ったのを感じた。

四

登兵衛は、刀がおくれて出てきて間合をはずされるという剣法を知っている者がいないか、当たってくれた。

だが、判明しなかったようだ。

和四郎としては、このまま剣術道場めぐりを続けるしかなかった。

これまで空振りばかりだ。

もともと探索などこんなものだろう、と考えているから、くじける気などまったくない。一軒一軒潰していけば、あの遣い手が剣術を習った道場が必ず見つかる。

それは肌が教えてくれている。頭のなかで、そうなったらいいな、と願っているのとは明らかにちがう。

途中、昼飯を食べたりしたが、探索の手をゆるめることはなかった。

しかしなんの手がかりもないまま、はやくも夕暮れの気配が江戸に漂いだした。だいぶ日がのびたとはいえ、和四郎には冬とさして変わりないように感じられた。

今日もなにもなしか。

そう思うのはつらかったが、また明日がんばればいい、とも思った。きっと手がかりをつかめる。

自らにいいきかせて、田端村にある的場屋の別邸の方角に足を向けようとした。

どこからか気合がきこえてきた。竹刀を打つかすかな音もきこえる。

夜の訪れを怖れるかのように、町人たちが早足で行きかっている。その顔が見わけがたいほどになりはじめた。提灯が灯されはじめ、暮れゆく太陽に成り代わって江戸の町を照らしだそうとしている。

気合と竹刀を目当てに、和四郎は近くにあるはずの道場に向かって歩みを進めた。

見つかった。なんとなく、いい話をきけるのではないかという予感がある。

訪いを入れる。

険しい顔をした門人らしい男があらわれた。汗をかいていて、稽古着は小降りの雨を抜けてきたくらいに濡れていた。

「なに用かな」

和四郎は名乗った。

「とある人を捜しております。こちらをご覧いただきたいのですが」

懐から例の遣い手の人相書を取りだす。

「どれどれ」

意外にやわらかな声でいって、人相書を手にした。

「知らぬな」

「さようですか」

返された人相書を懐にしまい入れようとして、人の気配を感じてそちらを見た。

道場のほうから、一人の年配の男があらわれた。こちらも稽古着は濡れていた。額に汗が光っている。

「どうした、秀之介《ひでのすけ》」

秀之介と呼ばれた男が、父上、と呼んだ。親子なのか、と和四郎は思った。確かに顔も体つきも似ている。父は道場主か。

秀之介が手短に説明した。

「わしにも見せてくれ」

お安いご用です、と和四郎は人相書を渡した。

「見たことがある顔じゃの」

「まことですか」

声がひっくり返りそうになった。

「どこでご覧になったのです」

道場主が眉根を寄せて、渋い顔つきになる。

「それが覚えておらんのだ」

しかしここで引き下がるわけにはいかない。

「その男は、相当の遣い手です。こちらに来たということはございませんか」

「もしそうなら、せがれも覚えておろう。顔を見たのは、そんなに遠い昔ではないような気がするがのう」

「出稽古に行った先では？」

「出稽古か。最近はしておらぬ」

和四郎の必死さが通じたか、それでも道場主は一所懸命に思いだそうとしてくれている。

「どこかの料理屋で顔を見たとか？」

「料理屋や煮売り酒屋には行かぬ」

「どこかにお出かけになることは？」

「そりゃたまにはあるさ」

「そのときでは？」

「おっ」

なにかが引っかかった顔だ。こういうときは急《せ》かさないほうがいい。

「あのときかな」

いつです、と声にだしそうになるのをこらえる。

「あれは桜の時季だ。二年ほど前か、高田馬場近くのしだれ桜を見に行った帰りじゃな。あまりこれまで通ったことのない道を歩いていると、竹刀の音がきこえてきた。その音に誘われるようにわしは路地を入っていった」

せまい路地の右手に小さな道場があり、連子窓からのぞくとこの遣い手がいたとのことだ。年寄りと若者の二人で竹刀を打ち合っていたという。面や胴はなしで、互いに袴だけを着けていた。

「人相書の男に、まちがいございませんか」

「まちがいない。その道場はうちと一緒で、はやっていない様子だった。わしがのぞいていると、道場主らしい年寄りが近づいてきて、なにか用か、と吠えるように申した。噛みつきそうな犬のようでわしは早々に退散したが、それまでにじっくり見たからの」

道場主が痰が絡んだような咳をした。

「門人は一人しかおらなんだ。荒削りではあったが、素質はかなりのものと見た。それでわしに覚えがあったものであろう」

「その道場はどちらでしょう」

「よく覚えておらんのだ。高田馬場からそんなには離れておらん」

「名はいかがです」

「同じだ」

今日はもう暗くなってしまったから無理だが、明日徹底して当たってみよう、と和四郎は決意した。

道場のことを登兵衛に報告して、翌日、和四郎は高田馬場のほうへ足を向けた。

しかし高田馬場の近くに町地はなく、道場も見つからなかった。しだれ桜のことを町人にきき、それが備後福山で十一万石を領する阿部家の抱屋敷《かかえやしき》近くにあるのを知った。

しだれ桜はまだ満開とはいえなかったが、老いた大木で、枝が柳のように垂れている姿は神が宿っているのではないか、と思わせる厳かさがあった。

ここからあの道場主と思える男が帰路についたとして、どういう道をたどったか。

あの道場は根津権現門前町にある。ここからなら真東といっていいが、江戸の常で、武家屋敷や寺社地などによってまっすぐ進むことはできない。

おそらくこういう道筋だろう、と頭に絵図をひらいて判断し、和四郎は歩きだした。

昼飯をとらずに道場を捜し続ける。町地の路地という路地は、一つも見逃さなかった。

むろん、ひたすら町を這いずっているだけでは駄目なのははっきりしている。役に立つのは町人たちの話だ。町に根づいて生きているから、町のことならなんでも知っている。

昼をだいぶすぎた八つ半頃、町人ではなく一人の托鉢の僧侶に話をきいたところ、それらしい建物のことをきくことができた。

「そこには以前、路地の右側に小さな道場が建ってましたよ。今はもう道場はなくなり、更地になってしまっているはずですが」

確かめなくてはならない。和四郎は僧侶に礼をいって、その場所を目指した。

すぐにわかった。町屋が建てこんでいるせいで、一際《ひときわ》暗い場所だった。確かに更地になっている。雑司ヶ谷町だ。

道場は潰れてしまったのか。

和四郎は隣の町屋を訪ねた。人なつこそうな顔をした若い男が出てきた。居職の錺《かざり》職人のようだ。土間に鞴《ふいご》が置いてある。

「ああ、そちらですかい。道場主が七ヶ月ほど前に肝の臓の病で亡くなりましてね、跡取りもいないし、古い建物だったってこともあって、大家さんが取り壊したんですよ。そのあとはいつまでたってもなにも建たないんですけど」

「さようですか。道場はなんていったんですか」

「本間《ほんま》道場ですよ。道場主は、本間久輪二郎《くわじろう》さんといいました。七十八の老齢でしたから、大往生といっていいでしょう。身寄りはなかったものですから、葬式も近所の者でだしたんですよ」

「それは功徳ですね」

「本間さん、ちょっと偏屈なところもあったけれど、人には親切だったもので、けっこう慕われていたんですよ。この近くに瀬戸物屋があるんですけど、金をたかろうといちゃもんをつけてきた四人の浪人者を、あっという間に叩きのめしたこともあったくらいですからねえ」

男の目にはなつかしさが浮かんでいる。

「四人もですか」

「ええ、そうなんです。このあたりでは知らない人がないくらいの剣の達人だったんですけど、ときおりその名声をきいたか、何人かのお侍が入門を願ってきたりしてましたねえ。もっとも、自分がこれと思った人しか入門を許さなかったんですよ。もっと許せば、暮らしも楽になったはずなんですがねえ」

その許された一人が、例の遣い手ということだろうか。

いい機会だな。そう判断して和四郎は人相書を取りだした。

「この男をご存じですか」

職人はじっと見ている。

「ああ、こんな人、いましたねえ」

やはりそうだったか。和四郎は胸が高鳴った。ようやくこの遣い手の正体が知れるかもしれない。

「でもあっしは名は知りませんねえ。話をしたことがなかったものですからね」

「この男、道場には通いだったのですか」

「いや、あれは住みこんでいたのでしょう。風呂焚きをしていたようですから」

住みこんだというのは、剣術修行に集中するためか。それとも、住みかが遠かったのか。

「この人相書の男のことを知っている方がいませんか」

ようやくここまで来たのだ、なにも手がかりがつかめないということはいくらなんでもなかろう。

「いや、いないんじゃないかな。この人、結局、本間さんが亡くなる前に風のように消えてしまって、葬儀にも顔をださなかったですからねえ」

和四郎はあきらめず、近所の者たちに話をきいた。顔を覚えている者はそれなりにいたが、名を知っている者はいなかった。どこから道場に来たのか、今どこにいるのかなど、知る者は一人もいない。

結局、なにもつかめないままこの町を出る羽目になりそうだった。

くそっ。和四郎は胸のうちで毒づいた。いや、このままではあまりに惜しい。なにかつかめないものか、と本間道場があった更地に入ってみた。

しかしこんなところに立ったところで、なにもつかめるはずもない。

一からやり直しか。仕方あるまい。更地を出て、和四郎は歩きだした。

「ちょっとあんた」

背後で声がし、和四郎は振り向いた。最初に話をきいた錺職人だ。

「思いだしたことがあるんだよ」

顔を上気させていう。

「役立つんじゃないかと思ってさ。さっき風呂焚きの話、したろ。あの道場には長年、煮炊きをしていたばあさんがいたんだよ」

五

佐之助は再び谷中にやってきた。今日は町人のなりをしている。頭もととのえてきた。

晴奈に狼藉を試みようとして、こてんぱんにのした旗本の不良子弟を捜すつもりだ。

やはり、このあたりがやつら三人の縄張だったはずだ。晴奈と待ち合わせた瑞林寺近くの町を、徹底してききこんでゆく。

やつらに手ごめに遭った女、あるいは遭いそうになった女がいないかも同時に捜す。

不思議なことに、谷中界隈をめぐっているうちに頭のなかに結ばれる景色が明瞭になり、晴奈を連れ去ろうとした三人の顔がよりはっきりしたものになってきた。

これまではあの遣い手の顔しか見えていなかったが、今はほかの二人の顔も思いだせるようになっている。

これなら、あの遣い手は別にして、他の二人を捜しだすことができるかもしれんな。

しかし思惑に反して、三人の不良は見つからなかった。手ごめに遭いそうになった女も同じだ。

駄目か。町方の者に話をきいたほうがはやいか。

だが、そんなことが果たしてできるものなのか。できぬことはなかろう。

それに、やつらに俺がとらえられるはずもない。

いや、とすぐに考え直す。町方の者に頼るのは最後の手だ。今は汗をかいて、捜しだすのが本筋だろう。千勢もそうしたのだから。

それに、こういう探索めいたものは意外に性に合っている。苦ではないのだ。

いや、むしろやり甲斐がある。

この俺が奉行所のやるような仕事に向いているのか。

そのことが佐之助には妙にうれしかった。

谷中の町々を這いずりまわるように調べまわった。

日暮れ近くになり、腹がこらえようがないくらい空いてきた。こんな空き方はこれまで経験したことがない。

あるとすれば子供の頃だ。剣術に精だしている頃だろう。ただひたむきに竹刀を振るっていた。強くなりたい。ただそれだけだった。

大人になって、そういうことがなくなった。千勢のおかげで、一所懸命にやるというのを思いださせてもらえた。

俺はもしや、と佐之助は思った。人らしさを取り戻しつつあるのではないか。

これまで何人をあの世に送りこんだものか。もはや人ではないと感じていたが、この腹の空き方は紛れもなくまだ俺が人であることを教えてくれている。

提灯こそ灯っていないが、いつ火を入れてもおかしくない暗さのなか、佐之助は煮売り酒屋に入った。めし、と路上に看板が出ているからなにか腹に入れられるだろう。むろん、酒を飲むつもりはない。

それほど混んでいない座敷の端のほうに座り、鯵の塩焼きに飯、味噌汁を頼んだ。

焼きすぎの鯵と一緒に飯を咀嚼していると、隣に職人の仲間うちらしい四人組が腰をおろした。注文を取りに来た小女に、酒や肴を手慣れた感じで頼んでゆく。

四人はいずれも若く、同じ職場で働いているようだ。親方の腕のよさをたたえたり、兄弟子のへぼさ加減を笑ったりしている。

こいつらにきいてみるか。

この四人は長いこと、この町内に住んでいるような気がする。

佐之助は箸を膳に置いた。

「ちょっとききたいことがあるんですけど、よろしいですかい」

「あっしらのことですかい」

一人がきき、三人が顔を向けてきた。

佐之助は用件を話した。

「お兄さん、どうしてそんなことを調べているんですかい」

一番年上の男がいった。四人の顔には一様に警戒の色があらわれている。

当然だろう。佐之助は、侍らしい者に手ごめに遭った者、あるいは遭いそうに
なった者を知らないか、ときいたのだから。

「あっしは、とある人に頼まれて働いている者です。依頼人は娘さんを手ごめに
されました。許嫁のいた娘さんは自害しました。御番所は動いてくれましたが、
結局は犯人を見つけられませんでした。同じような犯行がこちらのほうでもあっ

たときいて、あっしはやってきたんですが、手がかり一つ見つけられず、こうして皆さんのお力にすがろうと決めたわけです」

「そういうことですかい」

四人がいっせいにうなずいた。

「そういうことでしたら、力になりますぜ。でなきゃ、江戸っ子の名折れだ」

四人は、だいぶ混んできた煮売り酒屋のなか、いろいろな人にききまわってくれた。

「見つけましたぜ」

職人たちの働きをただ見守るしかなかった佐之助のもとに、一人が戻ってきた。

佐之助が今いるのは、天王寺中門前町だが、一町ほど離れた谷中町にそういう女がいるとのことだ。名はお祢麻《ねま》。

住まいをきいて、佐之助は煮売り酒屋をあとにした。むろん、男たちの勘定はすべてもった。

谷中町はせまく、瑞林寺の境内の艮《うしとら》のあたりにへばりついているような町だ。

お祢麻の長屋はすぐに見つかった。佐之助は長屋の木戸を抜けて、人けのない路地に入った。

お祢麻の店の前に立つ。しかし明かりは灯っておらず、いないのかもしれんな、と佐之助は思った。

静かに障子戸を叩く。返事があり、どなたですか、と明るい声が返ってきた。

佐之助は、恵太郎と申します、といった。さすがに本名をつかうわけにはいかない。

障子戸があく。女が顔を見せた。若いが、どこか暮らしに疲れているような色が垣間見える。目尻と口許のしわのせいだろうか。

「恵太郎さん？　お知り合いだったかしら。でもこんないい男なら、一度会ってるなら覚えているわね」

「お初にお目にかかります。ちょっとききたいことがあってまいりました」

「ちょうど仕事に出ようとしたところなの。あまりゆっくりとはしていられないんだけど、かまわない？」

「手短にすませますから」

どうやら千勢と同じで、どこかの料亭で働いているようだ。身なりがこざっぱりとしてきれいなのは、筋のいい店で働いているからだろう。

「入ります？」

「ご亭主は？」

「いませんよ。ここでは一人で暮らしているんですよ」

女は剃っていない眉を指で示した。

「ああ、失礼いたしました」

佐之助はいわれるままになかに入った。

「亭主はね、あまりに女癖が悪いものだから、あたしは無理やり三行半を書かせたんですよ」

三行半がないと離縁したと見なされず、ほかに好きな男ができた場合など、どうしても亭主と別れたい際はそうするしかないのだが、こういう話はいかにも女のほうが強い江戸らしさを感じる。

障子戸はあけ放したまま、佐之助はあがり框《かまち》に座った。あがってくださいよ、といわれたが固辞した。

佐之助はさりげなくお祢麻を見た。目が細く、どことなく狐を思わせる顔をしている。

「ご用件は？」

行灯をともして、お祢麻がきっちりと正座する。

佐之助は居ずまいを正し、先ほどの煮売り酒屋でいったのと同じ言葉を繰り返した。

「そういうことがあったんですか」

お祢麻が手元に視線を落とす。

「あたしは、実際に手ごめに遭ったわけじゃあないんですよ」

「ああ、そうなのですか」

「ええ。そっちのほうに――」

お祢麻は西側を指さした。

「大円寺というお寺があるんですけど、その近くだったんです。店からの帰り、うしろから羽交い締めにされて境内に連れこまれそうになったんです。大声をあげたら、近くを歩いていた人たちが何人か来てくれて、それでなにごともなかったんです」

「そうですか。御番所には？」

「もちろん届けましたよ。あんなことされて、放っておくことなんか、できませんから」

「御番所は動いてくれましたか」

「少しは調べてくれたようですけど、そのあとは音沙汰がないですねえ」

「犯人は一人？」

「いいえ、何人かいるようでした。多分、話し声からして三人じゃなかったかと思うんですけど」

まずまちがいなく、晴奈を連れ去ろうとした男たちだ。

「顔を？」

「それが見てないんですよ」

いかにも残念そうだ。

「なにぶん夜のことですからね」

お祢麻は事実を淡々と話している。

なかなか肝の据わった女に見える。通行人が来てくれたおかげとはいったもののの、よほどの大声をあげ続けたのではないか。だからこそ、手ごめに遭わずにすんだにちがいない。

「どうかされたんですか。急に黙りこくっちまって」

「ああ、すみません。お祢麻さん、同じような目に遭った人、遭いそうになった人を知りませんか」

「知ってますよ」

あまりにあっさりと口にしたから、佐之助はやや驚いた。

「でもその人、あまり人に知られたくないようですから、ほかの人にはいわないでくださいね」

佐之助は低頭した。

「それは重々承知しています」

長屋を出るとき佐之助は、お祢麻の見送りを受けた。

「恵太郎さん、あたしはそこの天王寺古門前町の垣根《かきね》という料亭で働いています。きっと寄ってくださいね」

「近いうち必ず寄らせていただきます」

「きっとよ」

きっと、と答えて佐之助は長屋の木戸を通り抜けた。

お和佐《わさ》か、と思った。闇の色がおりてきた町なかを足早に歩きながら、お祢麻の言葉を思いだす。

「このお和佐という人がどこにいるか、あたしは知らないけれど、もっとひどいことをされたと噂できいたことがあります。あたしと同じく、五年ばかり前のことですよ」

どうすべきか。名しかわからない女を捜しだせるだろうか。

「以前はこの近くに住んでいたようですけど、そんなことがあって、どこかよそに越していったみたい」

町名主のところに行ってみるか。人別送りはされているはずなので、人別帳を預かっている町名主はお和佐の住まいを知っているはずだ。

訪問し、これまでと同じ口上を述べれば教えてくれるかもしれない。しかし、拒むかもしれない。

もし拒まれたら、どうするか。力ずくで吐かせるか。

いや、そんな真似はしたくない。あこぎな者が相手なら躊躇なくやるが、お和佐の住まいを善意で隠している者の口を無理にひらかせたくはない。

ならばどうする。

佐之助は決意した。方法は一つだ。

江戸の町を駆け抜けた。

佐之助は、一陣の風になったような気分だ。そのくらい体が軽い。

道を一気にくだり、千代田城の数寄屋橋近くまでやってきた。

やつはもう同心詰所に入ってしまっただろうか。

それならそれでいい。町奉行所に泊まりこむわけではなかろう。八丁堀の屋敷へ帰るはずだ。そのときつかまえればいい。

しばらく千代田城の堀脇にたたずんでいた。目の前を行きから者は町人、侍ともに多かったが、目当ての男は通らない。

五つ近くになると、人通りがほとんどなくなった。千代田城のそばといっても、夜が深まればこんなものだ。

おかしいな。どこに行きやがった。

そんなことを考えていたら、北から二人の人影が近づいてきた。小田原提灯のわびしい明かりが夜の壁にぽつりぽつりと小さく穴をつくってゆく。

「旦那が湯瀬さまに、見合いのことを確かめるようなことをするから、こんなにおそくなっちまったじゃないですか」

「本当にすまないねえ。でもここまでおそくなると、心底働いたって気にならないかい」

「そりゃなりますけどね」

「体にこたえるかい」

「そんなことありゃしませんよ」

まちがいない。目当ての二人だ。佐之助は近づいた。

「おい」

一間ほどに距離が縮まったところで、声をかけた。

中間の持つ提灯がびくりと揺れる。うしろの町方役人もびっくりして立ちどまった。

「驚かせちまったか」

「誰だいっ」

中間の険しい声が浴びせられる。

「今さら名乗る必要はなかろう」

中間が気づいたように提灯をあげた。

「おまえは」

叫ぶようにいって、町方役人が懐から十手を取りだそうとする。

「やめておけ」

佐之助は懐に匕首を呑んでいるが、丸腰だ。

「樺山富士太郎といったな。ききたいことがある」

「珠吉、倉田佐之助だよ。つかまえるよ」

「へい、わかってまさあ」

佐之助の言葉が届かなかったように二人が身構える。

「やめろといってるだろうが」

「珠吉、行くよ」

樺山が提灯の明かりにきらめかせて、十手を振るってきた。

佐之助は上体だけの動きでかわした。空《くう》を切った十手を不思議そうに見てから、また樺山が突っこんできた。

佐之助はうっとうしくなり、逆に突進して樺山の腕を取った。

あっ。そんな声が発されるのを耳にしつつ、軽く投げを打った。石地蔵でも倒れたかのような音が響き渡る。

痛いよ。腰から地面に叩きつけられた樺山が女のような悲鳴をあげた。

「てめえっ」

中間のほうが我に返ったように提灯を投げ捨て、両腕をのばしてきた。佐之助を素手でつかまえようというのだ。

阿呆な男だ。胸のうちでつぶやいた佐之助は、中間の腕を手繰っておいて、樺山と同じように投げ捨てた。

地響きを立てて中間が転がる。立ちあがろうとするが、すとんと腰が落ちた。歳だから手加減したつもりだが、それでも相当きいたようだ。

横たわったまま樺山は長脇差を抜こうとしている。

「よせといっているだろうが」

かがみこんだ佐之助は顔を容赦なく殴りつけ、樺山がうなだれるところを長脇差を鞘ごと奪った。

「あっ」

「いいか、俺はおまえさんたちにききたいことがあるだけだ。そのために、会いに来たんだ。きこえたか」

「……なんだい」

樺山は必死に顔をあげ、にらみつけようとしている。意外に迫力ある目つきだ。

女みたいな男だが、同心の血は体にしっかりと流れているようだ。

佐之助は中間のほうに視線を投げた。中間は腰でも痛めたのか、いまだに立ちあがれずにいる。

「お和佐という女のことをききたい」

「お和佐……」

「五年前のことだ」

佐之助は手ごめに遭った女のことを話した。

「どうだ、知っているか」

「知らないよ」

じっと見つめたが、樺山は嘘はいっていない。この同心は若い。五年前ではせいぜい見習だろう。

「おまえはどうだ」

中間にきいた。中間が目を鋭くする。

「覚えていたとしたらなんでえ」

「おまえたちのとらえられなかった犯人を、俺がとらえてやる」

「どうしてそんな気に」

中間がじっと見る。佐之助は黙って見返した。

「珠吉、覚えているのかい。覚えているんなら、おいらに話しておくれ」

中間が樺山にうなずく。

「わかりやした。――でも旦那、あまり話すことはないんですよ。犯人は三人組だったというのがわかっているだけですから。お和佐さんは、背後から羽交い締めにされて近くの寺に引きずりこまれて、手ごめにされました。手がかりがあまりになくて、結局、犯人をとらえることはできませんでした」

「それだけかい」

「ええ」

「倉田佐之助、どうしてそんなことに興味を持つんだい」

樺山がきく。佐之助はなにもいわず、長脇差を返した。

これではお和佐の居場所を知ったところで、なにも得られまい。

佐之助はその場をあとにした。

結局、前に進めていない。一日中、動き続けたのにまったく駄目だった。

徒労を感じた。いや、こんなことでへこたれてたまるか。

千勢の顔を見たくなった。

今、なにをしているのだろう。

六

料永のことは気になっている。

なにしろお咲希がこの長屋にいるからだ。

お咲希が行き先を告げて出てきたはずがないから、店は大騒ぎになっているのではないだろうか。

横で寝ているお咲希を起こさないように静かに起床したあと、千勢は手ばやく朝食をつくった。

その音にお咲希が目覚めた。

「お千勢さん、おはよう」

「おはよう。よく眠れた？」

「うん、ぐっすり」

その言葉に嘘はない。まだ眠り足りなそうに見えるが、熟睡したというのは、その満ち足りた表情に出ている。

「今ご飯にするから、待っててね」

うん、とお咲希が答える。体が小さいせいで、本当に八つには見えない。あどけなさが強く残っている。

千勢は棚からもう一つの膳を取りだし、畳に置いた。この膳は、となつかしかった。直之進との激闘で傷を負った佐之助が逃げこんできて、この長屋にしばらくいたことがある。そのときにつかったものだ。

千勢はしばらく見つめていた。今、どうしているのだろう。

味噌汁のにおいが鼻先を漂い、沸騰しそうになっているのを知った。あわててかまどから鍋をおろす。

千勢は膳の上にご飯、納豆とたくあん、わかめと豆腐の味噌汁を置いていった。

千勢は布団をたたもうとしたが、その前にお咲希が手際よくやってくれた。

「ありがとう」

「どういたしまして」

千勢はお咲希の前に膳を運んだ。

「お待ちどおさま」

「おいしそう」

お咲希は無邪気に喜んでいる。

「さあ、食べましょう」

千勢は、いただきます、といって箸を取った。それを見て、お咲希もならう。

ご飯はちゃんと炊けている。

「おいしい」

お咲希が盛んに箸を動かしている。

「寝起きじゃあまり食べられないでしょう」

「そんなことないよ。こんなにおいしい朝ご飯食べたの、久しぶりよ」

千勢のほうが胸が一杯になって、食べられなくなった。

「お千勢さん、どうしたの」

「ううん、なんでもないわ」

千勢は箸を動かした。

最後にお茶を飲んだ。お咲希は、湯飲みではなく茶碗に入れてほしい、といった。

「このほうがおいしいんだもの」

そういうものかもしれない。千勢もお咲希と同じ飲み方をした。お咲希はうれしそうに笑ってくれた。

あと片づけをする。食器を洗うのを、お咲希が手伝った。

「自分が食べた分くらい、自分で洗わなきゃね」

お咲希ちゃんは、と千勢は気づいた。気をつかっているのかもしれない。千勢にもしきらわれたら、また料永に戻らなければならなくなるからだ。

いや、そんなことはない。この子はもともと人に対する思いやりの心が深い。それが自然に出ているだけだ。

「ねえ、お千勢さん。店に行く前、いつもなにをしているの」

「そうね。お洗濯したり、お掃除をしたり、本を読んだりしてるわ。散歩も好きよ」

「私も好き」

外に行きたいとお咲希はいっている。

「お咲希ちゃん、私も行きたいけれど、行かなきゃいけないところがあるの」

「どこ。お店？」

千勢にごまかす気はない。

「そうよ。お咲希ちゃんがいなくなって、きっと心配していると思うの」

「ここにいるって教えるの？」

「お咲希ちゃんが教えてほしくないなら、いわないわ」

お咲希は目に涙をためている。

「わかったわ。決していわない」

千勢は身支度をととのえた。

「お咲希ちゃん、ここにいて。私が帰ってくるまで外に出ないで」

うん、とお咲希は心細げに答えた。

「すぐに帰ってくるわ」

千勢は障子戸をあけ、路地に出た。井戸端で洗濯している女房が五名ほどいる。ていねいに挨拶してから、長屋の木戸を抜けた。

道に出て、料永に向かう。

天気はいい。大気には冷涼さが混じっているが、それを湯気のように失せさせるほどの熱気を太陽は送ってきている。

料永に着いたとき、千勢はかなりの汗をかいていた。手ふきで顔をふく。

いつもと同じく裏口から店に入った。

「おっ、お登勢さん、珍しいね、こんな刻限に」

店に住みこんでいる料理人の一人が井戸のそばで包丁を研いでいる。その仕草が妙にむなしく見えた。

「ちょっと昨日、気になったところがあったので、掃除をしに来たんです」

「お登勢さんも奇特だねえ。――ああ、そうだ。お登勢さん、お咲希ちゃんのこと、知らないかい。朝から姿が見えないんだ」

「朝から……」

千勢は暗澹とした。お咲希がいなくなったのは昨夜なのに。

「心配ですね」

それだけをいって、千勢は店のなかに入った。箒を手に廊下を歩く。

住みこみの者が、お咲希のことを知らないか、次々にきいてきた。

確かにかなりの騒ぎになっている様子だが、お咲希のことを心から案じている者はいないように思えた。

利八の姉であるお邦と弟の奈良蔵が、二階の一番上等の間にいた。廊下に面した襖はあけ放してあるから二人の顔は丸見えだ。

対座している二人は、この座敷と利八の居間さえ奪ってしまえば、店の株は自分のものになると思っているような顔つきだ。

千勢はそれ以上醜い顔を見ていられず、隣の座敷に入った。二人の声はよくきこえる。

「姉さん、お咲希をどこにやったんだい」

「それは私の台詞だよ。奈良蔵、はやく返しなさい」

「なにをいっているんだ。わしは知らないよ。姉さんは、お咲希を自分のところに引き取って、手なづけようとしているんじゃないのか。そうするのが、この店を自分のものにする早道だからね」

「冗談じゃないわ。おまえこそ、そう考えているんでしょ。一刻もはやくお咲希を戻さないと、お上に人さらいとして訴えることになるわよ」

「人さらい？　わしはお咲希をさらってなどいない。わしのほうが訴えるよ」

「やれるものならやってご覧なさい。後悔するのはおまえだよ」

七十をすぎていた利八の姉弟だから、二人ともいい歳だ。それが欲望をあらわに口汚く罵り合っている。

耳をふさぎたかった。まさか利八が死んで、こういうふうになるとは夢にも思わなかった。人の欲の深さに啞然とするしかない。

お咲希が長屋にいることを、告げる気にならなかった。こんな状態では、お咲希がどんな扱いを受けるか、知れたものではない。

しかし、このままにしておいては自分が人さらいになりかねない。

それでもかまわなかったが、自分が犯罪人にされたら、お咲希は連れ戻されてしまうだろう。

番頭の一人が、いきなり千勢のいる座敷に入ってきた。この男は拓吉《たくきち》といって、料永で最古参の一人だ。利八の信頼が厚かったが、今はどす黒い顔をしている。怒りに顔をふくらませていた。

「お登勢さん、お咲希ちゃんがずいぶんとなついていたね。行方を知っているんじゃないのかい」

襖があき、お邦と奈良蔵の二人が顔をのぞかせた。

「なんだい、この人は。女中かい」

奈良蔵が拓吉にきく。拓吉は奈良蔵の手下のようになっている。

「ええ、そうです」

「お咲希がなついていたのか。あんた、お咲希がどこにいるのか、知っているんじゃないのか」

お咲希には居場所をいわないと約束した。どうすべきかすばやく考えをまとめた千勢は一礼し、部屋を出た。

「おい、待てよ」

奈良蔵が腕をつかもうとする。千勢はするりとかわした。

「待ちなさい。待て」

拓吉の声が追いかけてきたが、そのまま走るように廊下を進んで千勢は店を出た。

料永があるのは大塚仲町だ。自身番に入る。

つめている町役人たちに、料永の奉公人である旨を告げ、お咲希を預かっていると教えた。

「決してさらったわけじゃありません」

料永の内紛を知っている町役人たちは、うなずいてくれた。こういう場合、町内の者は頼りになる。

「お登勢さんといったが、このままではまずいのはわかっているよね」

年寄りの町役人がいった。

「あんたにその気がなくとも、人さらいにされちまうことだってある。これからどうするつもりだね」

「まだなにも考えていません。とりあえず、帰ってお咲希ちゃんを安心させようと思います」

「そうだね。きっと心細くしているだろうからね」

町役人が住まいをきいてきた。千勢は迷ったが、音羽町四丁目の長屋であると伝えた。

自身番を出た千勢は、誰もつけてきていないのを確かめつつ、長屋に戻った。

お咲希がいなかった。

どきりとした。どこに行ったのだろう。

まさか店に行ったということはないだろうか。

千勢は長屋を出ようとした。右手にある厠の扉があいて、お咲希が出てきた。

ああ、よかった。千勢は胸をなでおろした。

「ああ、帰ってきたの」

お咲希が駆けてきた。

いつ千勢が戻るかわからず、厠に行くのにもためらいがあったのではないか。

お咲希は待ちかねていたのだ。

「ごめんなさい。もっとはやく帰ろうと思ったんだけど」

「どうだった」

お咲希が気がかりそうにきく。

なかに入りましょう、と千勢はいった。

「みんな、お咲希ちゃんのことを捜していたわ」

畳に正座して告げた。

「でも、心配はしていなかったでしょ」

千勢はつまった。

「……ええ」

お咲希がうつむく。

「ねえお千勢さん、本、読んでくれない」

意外に元気のいい声できいてきた。

「いいわよ。読んでほしい本はある？」

「お千勢さんの好きな本」

「なにがいいかしら」

千勢は、部屋の隅に積んである本に視線を移した。

「これがいいかしら」

手にしたのは『枕草子』だ。

「清少納言という女の人が書いた本よ。随筆なの」

「ずいひつって？」

「そうね、心に思い浮かんだことや見たりきいたりしたものを、自分の思うがままに書き記した本のことよ」

「ふーん、おもしろそうね。清少納言という人は生きてるの？」

「ううん、昔の人だからもう亡くなっているわ。平安の昔、宮中に仕えた人なの。でも、いつ生まれていつ亡くなったか、わかっていないの」

「へえ、そうなの」

「枕草子は書きだしがいいのよ」

千勢は静かにひらいた。

「『春はあけぼの　やうやう白くなりゆく山際　少しあかりて　紫だちたる雲の細くたなびきたる』」

「どういう意味なの」

「春なら夜明けの頃が一番美しい、といっているの。だんだんと白々としてきて山の際も少し明るくなって、紫色をした雲が細くたなびいている」

「じゃあ夏、秋、冬もあるのね」

そうよ、と千勢は読んできかせた。

「ふーん、夏は夜で、秋が夕暮れ、冬は朝はやくか。冬の朝はやいのはいやね。寒いもの。起きられないわ」

枕草子を読みきかせているうちに、昼になった。

おにぎりをつくろうということになり、千勢とお咲希は朝炊いたご飯を二人して握りはじめた。

味噌汁の残りをあたため直し、二つずつつくったおにぎりを食べはじめようとすると、障子戸を叩く音がした。

「どちらさまでしょう」

佐之助ではないか、と千勢は思ったが、障子戸の向こうから返ってきた声は、料永できいたばかりのものだった。

お咲希の顔色が変わる。

「お千勢さん、出ないで」

どうしようか、千勢は迷った。その前に、あけるよ、と声がして障子戸が横に滑った。

お邦と奈良蔵だった。料永の奉公人が何人かいた。番頭の拓吉の顔も見える。

「お咲希、やはりここにいたか。さあ、帰るよ」

奈良蔵が土間から手をのばしてきた。

「帰らない」

お咲希がはっきりといった。

「駄目だ、帰るんだ」

「いや」

奈良蔵が土足のまま畳にあがろうとする。

千勢はお咲希を守るように立った。

「いくらなんでも失礼でしょう」

「兄さんの大事な孫娘をかどわかしておいて、なにをいう」

「お千勢さん、かどわかしてなんていないわ」

お咲希が叫ぶ。

「お千勢？　あんた、登勢っていうんじゃないのか」

お咲希が真っ赤になる。

「どうでもいいでしょ、そんなこと。はやく帰って。私は帰らないから」

「ききわけのないことをいうんじゃない。はやく来るんだ」

「お咲希。私と一緒にいらっしゃい」

お邦が土間で中腰になり、お咲希を手招く仕草をした。

「いや」

「本当にこの子は。こんなに頑固だなんて、いったい誰に似たんだろう」

「少なくともあなた方じゃありません」

千勢は鋭くいった。

「あなた方は、本当に旦那さまの姉弟なんですか」

「本当に決まっているだろう」

奈良蔵が傲岸な口調でいった。

「昔から似てはいなかったがね」

利八は姉弟がいることを話したことがなかった。心のなかでは、すでに縁を切っていたのではないだろうか。

奈良蔵はついにあがってきた。

「お咲希、帰るぞ」

小さな腕を思いきり引く。

「なにをするんですか」

千勢は奈良蔵の腕を引きはがそうとした。だが、いくら年寄りといっても男の力は強く、お咲希はずるずると引っぱられた。

「いやあ、放して」

お咲希が痛そうに顔をゆがめる。泣きだしそうになっていた。

「どうした」

土間に入ってきた影があった。

あっ。千勢の胸は喜びにふくらんだ。

「いやがっているだろう。手を放せ」

「なにをいっているんだ。──誰だい、おまえは」

「誰だっていいだろう。はやく手を放せ」

にらみつけられ、糊をたっぷりと塗られたかのように奈良蔵が体をかたくする。

「放せ」

力がゆるんだようで、お咲希が奈良蔵の腕を振り払って千勢の胸に飛びこんできた。

「とっと帰れ」

佐之助が殺気をみなぎらせて、奈良蔵とお邦にいう。二人はただ呆然としている。

「帰るんだ」

佐之助がもう一度いうと、見えない手に背を押されたかのように外に出た。

「また来たら、どうなるかわかっているだろうな」

ひっと喉を鳴らして、奈良蔵とお邦が手を取り合うようにして走りだした。奉公人たちも路地を遠ざかってゆく。

千勢はそれを確かめて、ほっと胸をなでおろした。

「ありがとうございました」

心の底から佐之助にいった。涙が出るほどうれしかった。

いや、実際に涙は出てきている。

七

登兵衛は隣の間で文を書いている。

誰宛かはわからない。登兵衛の上に位置する者ではないか。

今、どうしているのかな。

直之進は千勢のことを考えた。

利八という大黒柱を失って、料永はどうなるのか。気になるが、今は的場屋の別邸を抜けだすわけにはいかない。

料永は、七つか八つの女の子が利八の唯一の血縁だったはずだ。

利八が天涯孤独だったはずはなく、親戚はいくらもいるだろうから、行く末に関しては心配はいらないだろうが、きっとその女の子は心細いにちがいない。

千勢は支えるつもりでいるだろう。

だが、しっかりしているように見えて、意外に千勢はもろいところがある。それは、ともに暮らしていたときにはわからなかったことだ。こうして離れてみて、はじめて見えてきた。

いや、頼る者がいると、もろくなるというのか。

今の千勢にとって頼りたい者は、なんといっても佐之助だろう。

やつはどうしているのか。まさか千勢のもとに転がりこんでいないか。

和四郎によれば、佐之助は千勢に例の遣い手の人相書を描いてもらったそうだ。

やつはやつで、あの遣い手を追いかけているのだ。

ただ、佐之助と深いつき合いのあった男ではない。千勢から話をきいた和四郎はそういっていた。佐之助自身、あの遣い手が誰かわかっていないというのだ。

佐之助が一所懸命にあの遣い手を追いかけているのは、千勢に代わって利八の仇を討とうという気でいるからにちがいない。

佐之助は千勢を危ない目に遭わせたくなく、自ら動いているのだ。

おもしろくない。だからといって、直之進にはどうすることもできない。

まさかあの二人、一緒になる気なのか。これまで何度も考えたことを、直之進は脳裏に呼び戻した。

もとはといえば、佐之助は千勢の仇だというのに。

あり得るような気もするが、いくらなんでも千勢はそこまでしないのではないとは。

このことも、これまで幾度となく考えた。いつも答えは出ない。

それにしても、利八の仇か。あの佐之助がほとんど関わりのない者の仇を討つとは。

おや。直之進はふと気づいた。どうして利八は殺されなければならなかったのか。

安売りの米のことを調べたからか。

あの遣い手ならそれだけの理由で殺してもおかしくはないような気がするが、なにかちがうのではないか。

なんだろう、これは。

直之進は考えにふけった。

利八には、殺されるべきなにか別の理由があったのではないのか。

それを突きとめれば、なにか得るものがあるのではないだろうか。

利八はなにかをつかんだのか。なにかを知ってしまったのか。それとも、なにかを見てしまったのか。

ここで考えたところでわからない。わかるはずもない。

直之進は自ら動きたかった。だが雇われている身だ、そういうわけにはいかない。

ここでもし登兵衛から離れるような真似をすれば、二度と用心棒の仕事は入らないだろう。米田屋光右衛門も怒り、仕事をまわすことはないにちがいない。

この思いつきを登兵衛に話そうとしたが、登兵衛はまだ文机に張りついている。

もう少し考えを進めてみるか、と思い直したとき、門のほうで来客らしい気配がした。

廊下をやってくる足音がし、襖の向こうから屋敷の者が直之進を呼んだ。

「俺に客か」

直之進は立ちあがった。失礼いたします、と屋敷の者が襖をあける。

「どなたかな」

来たのは、町方役人とのことだ。富士太郎と珠吉だった。

富士太郎は以前、信濃屋儀右衛門の正体を見破り、その一件でこの屋敷に直之進を呼びに来たことがある。だから、屋敷の者は富士太郎の顔を見知っている。

直之進が風体を確かめる必要はなかった。

富士太郎と珠吉がやってきて、座敷に正座した。

富士太郎は顔を腫らしている。

「どうした」

「あーん、直之進さん、きいてくださいますかあ」

「あ、ああ」

やはり変わってないな、と直之進は身を引きたくなった。

昨日、佐之助があらわれ、お和佐という女のことをきいていったと富士太郎が話した。

「お和佐？　何者だ」

珠吉が手短に説明する。

「五年前、武家の三人組に手ごめにされた女か。かわいそうに」

「珠吉は覚えていましたけれど、それがしは知らなかったので、あらためてお和佐のことを奉行所で調べてみました」

「それで？」

「珠吉が覚えていた通りのことしかわからなかったんですよ。お和佐を襲ったのは三人の侍——ただそれだけです」

「犯人はつかまっていないのだな」

「はい」

富士太郎は、これからお和佐のことを詳しく調べてみようと思っています、といった。

「ただ、不思議なのは、倉田佐之助がどうしてそれがしにお和佐の話をしたか、ということなんです。よほど切羽つまっているんでしょうかね」

「いや、そうではなかろう。あの男は、俺に伝えたかったのではないかな」

「お和佐のことをですか。佐之助なりに、探索が進めばいいと考えてのことでしょうか」

そこに新たな来客があった。屋敷の者に先導されてきたのは、琢ノ介だった。

「おう、富士太郎も来ていたのか」

「平川さん、どうしたんですか」

「顔を見せに来てやったんだ。わしの顔をずっと見ていないから、直之進が寂しいのではないかと思ってな」

富士太郎がにっこりと笑った。

「寂しいのは平川さんのほうでしょう」

「富士太郎、おぬしこそ、直之進の顔が見たくて用もなしに来たくせに」

「用はありますよ」

富士太郎がむくれる。

「用というのはなんだ」

「平川さんには話しません」

「本当にないんだろう」

「ありますよ」

富士太郎が向きになっていった。

「ふむ、その顔を腫らしている件だな。きかせてくれ」

「平川さんにはいや。だって意地悪なんですもの」

直之進は苦笑するしかない。

「富士太郎さん、機嫌を直してくれ。琢ノ介も謝れ」

琢ノ介は素直に頭を下げた。

「すまなかった」

直之進は、富士太郎の用というのを琢ノ介に話した。

「ほう、おもしろいではないか。佐之助の野郎、力を合わせて解決に持ちこもうとしてやがるみたいだな」

　直之進も同感だ。

　琢ノ介が顎をなでさする。

「その気になっているというのは、あいつ、本当に千勢さんに惚れているんだな」

　その言葉は直之進の胸に少し痛かった。

「中西さんたちのほうはどうなんだ。進んでいるのか」

　直之進は琢ノ介にただした。

「道場主自ら、忙しく動きまわっている。進んでいるのかどうかというと、まださほどの手がかりは得てないようだな。失踪した三人の蔵役人の行方を追っている」

「中西さんたちは、三人が生きていると考えているのか」

「正しくいえば、生きていると願って動いている」

　琢ノ介が立ちあがった。

「帰るよ。午後の稽古もあるものでな。あまりゆっくりとしていられん」

「顔を見せてくれて、ありがたかった」

「だろう」

にやりと笑う琢ノ介に、中西さんのことをくれぐれも頼むと直之進はいった。

「承知しておる」

その直後、富士太郎も腰をあげた。

「それがしも、お暇《いとま》させていただきますよ。直之進さんのお顔を拝見できて、とてもうれしかった」

「そういえば、見合いするそうだな」

富士太郎が顔を輝かせる。

「直之進さん、とめてくれるんですか」

「いや、見合いはすべきだと思っている」

「旦那、そうですよ。あっしも相手の娘御に会ってみるべきだと思いますよ」

それには答えず、富士太郎は珠吉をともなって帰っていった。

隣の間の登兵衛は直之進に来客があったことはむろん知っているのだろうが、まだ文を書いているようだ。

ずいぶんと長文だった。

八

きっと生きている。

兵助たちは、そう思って失踪した三人の御蔵役人の行方を追っている。

今はこれしかない、と六人の男は考えている。

もはやとうに始末されてしまっているのではないか、と思わないでもないが、生きていてほしい、とひたすら願っている。

まちがいなく生きている。兵助は確信している。

だからこそ、三人の屋敷に文が届いたのだ。文の内容も完璧ではないが、つかむことができた。

兵助は御蔵役人の一人に金を渡し、話をきいたのだ。その御蔵役人は銭谷《ぜにや》卯兵衛《うへえ》といった。

まるで金貸しのような名だが、悦之進の昔の道場仲間とのことだ。悦之進の通っていた道場は、御蔵役人の子弟が多く通っていた。卯兵衛は昔から吝嗇《りんしょく》で通っていたとのことで、金をやればきっとしゃべるはず、と悦之進がいったのだ。

つとめ帰りにつかまえて、悦之進から預かった一両を実際に渡すと、渋い顔が一転、笑みを浮かべた。

卯兵衛は、噂でしかないが、と前置きしてから、文の中身についてぺらぺらと話してくれたのだ。

卯兵衛から兵助は、失踪した三人が仕事帰りに、よく行っていた煮売り酒屋があるのもききだした。

実際に兵助と尽一郎は、その煮売り酒屋に足を運んだ。

今、杯を傾けている最中だ。といっても、ろくに酒は飲んでいない。酔っ払うわけにはいかない。

店は角半《かくはん》といった。立派なつくりの煮売り酒屋で、二階にはこぎれいな部屋がいくつかあった。

兵助と尽一郎はその部屋の一つにおさまっている。左側の間には侍が入っているようで、談笑が耳に入ってくる。

右側は、職人たちのようだ。職場のことや家族のことを話題にしている。ときおり、花火でもあがったかのような笑いが起きる。心底楽しそうだ。

「いい店だな」

兵助はしみじみといった。武家も町人も両方楽しめる煮売り酒屋というのは、ありそうであまりない。

「ああ」

尽一郎は盛んに刺身をつまんでいる。

酒をすごすわけにはいかないから、肴だけはたくさん頼んだ。あまりに多く頼むので、くるくるとよく働く小女が目を丸くするほどだった。

「酒もうまいが、魚もよいな」

「そうか」

兵助は箸をのばし、鯵の叩きを口に入れた。

「甘い」

「新鮮そのものなんだろう」

二人で徳利を一本しか頼んでいない。その徳利も空になった。

「そろそろいいかな」

兵助は、次に小女がやってきたら、話をきくつもりだった。混んでいて忙しそうな店だが、少しのあいだくらいならつき合ってくれるだろう。そのために、たっぷりと肴を注文したのだ。

「なあ、兵助」

たくあんを手でつまみあげて尽一郎がたずねる。

「人生最後の食事、おぬしだったらなにを食べる」

「どうしてそんなことをきく。酔ったのか」

「これしきの酒で酔うものか。ききたいんだ」

兵助は考えた。正直いえば、何度か考えたことがある。その都度ちがう答えになる。鯛の塩焼きあたりがいいと思うが、今、ここで魚はたらふく食べているから、あまりその気にはならない。

「獣がいいかな」

「好きなのか」

「いや、まだ食べたことがない。でも、相当うまいというではないか」

「らしいな。やはり山鯨がいいのか」

「猪か。味噌の鍋が美味ときくな。尽一郎、おぬしはなんなんだ」

「俺は母上のつくった卵焼きだな」

「亡くなってしまっているではないか」

「そうなんだが、俺のなかではあれがこれまでで最もうまい食い物だ。死ぬのだ

った ら、またあれを食べたい」

「死ぬだなんて縁起でもないことをいうな」

「やっぱり酔ったのかもしれん」

小女が鯵の塩焼きを運んできた。

「お客さま、こんなに食べられますか」

畳の上に置かれた大皿の上には、刺身や煮魚、焼き魚、野菜の煮物などがはみだすように並んでいる。

「まかせておけ。すべてたいらげる」

「お酒はよろしいんですか」

空の徳利をつまみあげた。

「いらん。そいつは持っていってくれ」

「承知いたしました」

小女が部屋を出ていこうとする。

「ああ、ちょっとききたいことがあるのだが、いいかな」

兵助はすばやく呼びとめた。小女が小首をかしげる。

「はい、なんでしょう」

「ここには御蔵役人がよく来るそうだな」

まわりにきこえないように、声をひそめていった。

「ええ、お隣もそうです」

小女も低く返して、左側の襖を示す。

「そうだったのか。――おまえさん、高築平二郎どのを知っているかい」

「ええ、存じています。私、こういってはなんですけど、高築さまたちに気に入られていたんですよ」

そうかといって、兵助は手で座るようにうながした。小女は裾をきっちりと折りたたんで正座した。

「高築さんたち三人が失踪したのは知っているか」

「ええ、お客さまからききました」

「その客だが、高築どのの同僚か」

「はい、そうです」

「その同僚だが、失踪の理由についてなにかいっていたか」

どうしてそんな問いをするのかというような色が、小女の顔にあらわれた。

兵助は小女に顔を近づけた。

「いろいろと探っているんだ。なんの筋かはいえぬのだが」

　小女がはっとする。

「御用の筋ですね」

「だからそれはいえぬ」

「失礼いたしました」

　小女の目には怖れの表情がわずかに見える。俺たちを徒目付くらいには思ってくれたか。

「高築どのの同僚だが、失踪の理由をいったかかな」

「いえ、まるで思い当たらないとおっしゃっていました」

　そうか、と兵助は相づちを打った。尽一郎は黙って、小女とのやりとりを見つめている。

「高築どのたちが、ここでどんな話をしていたか、覚えているかな。なんでもよいから話してくれ。それが三人を捜しだす手がかりになるかもしれぬゆえ」

「わかりました」

　小女は下を向き、一所懸命に思いだしはじめた。器量はさほどではないが、いじらしさを感じさせる。

「こんなことがお役に立つかどうかわかりませんけれど——」

「話してくれ」

「仕事が忙しく思えたり、つまらなく思えたりとか、上司のいうことが頭にきたり、かと思えば慰めの言葉にぐっときたり、と仕事のことをよく話されていました」

「仕事か。仕事以外でなにかないか」

小女はまた考えこんだ。あっ、と口の形をつくり、顔をあげる。

「そういえば、お妾の話が最近出るようになっていました」

「妾？　詳しく話してくれ」

「高築さまと杉原さまは、すでに囲っていらっしゃいました。菊池さまも囲うおつもりでいらしたようです」

小女が少し顔を赤らめた。

「どうした」

「今ちょっと思いだしたんです。菊池さま、お酔いになって、私に妾の誘いをかけていらしたんです。私は志伊《しい》というんですけど、お志伊ちゃん、わしの世話になる気はないかいって」

「はい。それをおききになった菊池さまは、はたと膝をお打ちになって、そいつは惜しいって」

「断ったんだな」

一瞬、なにをいわれたかわからなかった。お志伊と惜しいをかけているのだ。

兵助は笑みを見せてから、軽く咳払いした。

「高築どのや杉原どのは、すでに囲っていたといったな」

「はい。でもお持ちになったのは、さほど前のことではないようです。持ってはじめてわかったがいいものだぞ、と二人してうれしそうに菊池さまにおっしゃっていました」

そうか、高築平二郎には妾がいたのか、と兵助は思った。俺たちが屋敷を張っているあいだ、たまたま妾のもとに行かなかっただけのことか。それとも、屋敷内に住まわせていたのか。

「もともと高築さまは、ご内儀のことをうるさがっておられました。なかなか妾さんのところに行けないんだ、とぼやかれていました」

「高築どのが妾を持ったのは、となると、せいぜいここ半年ほどか」

「杉原さまはもっと新しくて、せいぜい三月《みつき》ほど前ではないかと思います」

「それまで妾を持てなかったのは、どうしてかな」

「その理由はなんとなく察しはつきますけれど、私の口から申しあげられるようなことでは」

薄給だったから。それ以外にない。

それが持てるようになったということは、やはり金が潤沢に入るようになったからだろうか。

平二郎たちの妾に会いたかった。なにか知っているかもしれない。

「お志伊ちゃん、高築どのと杉原どのが妾をどこに住まわせていたか、知っているか」

「そこまできいたことはございません」

勘定の際、この店のあるじやほかの奉公人にも話をきいたが、平二郎たちの妾に関しては誰もなにも知らなかった。

忙しいときにお志伊ちゃんにときを取らせてしまい、申しわけなかった。仕事のことゆえ、叱らないでもらいたい。

そういい置いて、兵助たちは角半をあとにした。

九

例の遣い手が、雑司ヶ谷町にあった本間道場にいたというのはわかった。本間道場の隣に住んでいる錺職人の男が教えてくれた飯炊きのばあさんを、和四郎は捜し続けている。

あの錺職人によると、ばあさんはお緒香《おか》というのだそうだ。

お緒香ばあさんは本間道場を出たあと雑司ヶ谷町近くの高田四家町に住んでいたとのことだったが、和四郎が自身番できいたところ、そこにはいなかった。すでに引っ越していた。

そのときはいやな予感がした。このまま手がかりの糸が音を立てて切れてしまうのではないか。

それは杞憂に終わった。高田四家町の名主に会い、人別帳を見せてもらったところ、しっかりと人別送りがされ、お緒香ばあさんが越した先がわかったからだ。

お緒香ばあさんは老齢ということもあり、三人いるうちの一番下のせがれに引き取られたということだ。

さっそく和四郎はお緒香の三男坊の住まいに向かった。

そこはすぐにわかったが、お緒香ばあさんはいなかった。和四郎が訪いを入れたのは立派な一軒家で、ここなら身を小さくすることなく暮らせると思える家だった。

和四郎が訪いを入れたところ出てきたのは、眉間に険がある、目つきがあまりよくない女だった。眉を落とし、鉄漿《おはぐろ》を入れているところから、三男坊の嫁であるのはまちがいなかった。

「ばあさんなら五日前、出てゆきましたよ」

冷淡な口調で女はいった。

義母をばあさん呼ばわりか、と和四郎は思った。あのくそばばあになんの用があるんだい、といいたげなのが、心に刺さるようにはっきりと伝わってきた。

「どちらにいらしたんですかい」

和四郎はていねいにきいた。

「知らないんですよねえ」

しらっとした顔で答えた。

「お心当たりは？」

「どうしてあのばあさんを捜しているんですか」

「ちょっとおききしたいことがあるんです」

「なんです」

「それはおそらく、お緒香さんしかご存じないんじゃないかと」

「そうですか」

はやく帰ってくれないか、という顔つきに変わった。

和四郎は懐に手を入れ、二分入りのおひねりを取りだした。こういうときのためにいつも用意してある。

おひねりを女に握らせる。

「心当たりをもう少し考えていただけませんか」

「こんなことしてもらうと困るんですけどねえ」

言葉とは裏腹に、女の顔から少しだけ険が取れた。

「多分、友達のところに行っているんじゃないかと思うんですよ」

「友達ですかい。なんていう人ですか」

「東大久保村のお利久《りく》さんですよ。もともとあのばあさん、あのあたりの出なんです」

「実家に戻ったわけではないんですね」

「実家はばあさんの兄さんが継いだんですけど、もうとうに死んじまって、とっくに嫁のものになってますからね。行きにくいでしょう。あのばあさん、あちらとも折り合いが悪いみたいですから」

「さようですか」

「おたくさんがなにを知りたいのか存じませんけど、あのばあさん、耳が悪いですからねえ、なにをきいても答えられないかもしれませんよ」

それならそれで手はある。筆できいてもよい、と和四郎は思った。

すぐさま東大久保村に行き、お緒香ばあさんが世話になっているはずのお利久の家を捜した。

東大久保村は広いが、お利久の家はそんなに手間をかけることなく見つかった。

百姓家で、かなり広い家だった。外から見ても、柱や梁が相当しっかりしている。

しかしお緒香ばあさんはいなかった。

お利久と二人、昨日から浅草のほうに泊まりで遊びに行っているとのことだ。

和四郎にそう話をしてくれたのは、さっきの険のある女とは打って変わって、控えめな笑みを常にたたえている女房だった。百姓女の常でしわ深く、肌も黒くなっているが、やはりこうしてにこやかに笑っているほうが、より女らしく感じるのは当然のことだろう。

「お友達が来ると、途端に年寄りというのは元気になりますねえ。背筋をぴんとのばして二人とも出てゆきましたよ」

下男を一人、供につけたという。

「お帰りはいつですか」

「予定では今日の夕方には帰ってくるはずですけど、気まぐれですから明日になるかもしれません」

女は穏やかにいった。

今は七つすぎだ。うまくすると、一刻以内に帰ってきてくれるかもしれない。

「待たせてもらってもよろしいですか」

「ええ、かまいませんよ」

女房は和四郎を日当たりのよさそうな濡縁に案内し、茶を持ってきてくれた。

お緒香ばあさんがお利久とともに帰ってきたのは、夕暮れ近くだった。

意外といってはなんだが、品のあるばあさんだ。歳は七十をいくつかすぎているのではないかと思えたが、頬などはつやつやして若々しい。疲れもろくに見せていない。よほど楽しかったようだ。

「お緒香さん、和四郎さんとおっしゃるお方が、本間道場のことでおききしたいことがあるそうですよ」

女房が用件を伝えてくれた。

「ああ、本間道場。なつかしいわねえ」

目を細めていった。どうやら、耳が遠くなっているわけではないようだ。あの嫁を相手にしたとき、きこえないふりをしていることが多かったのではないか。

和四郎はお緒香ばあさんが濡縁に腰かけたのを見て、再び濡縁に尻を預けた。

「道場のなにをききたいの」

お緒香ばあさんからきいてきた。

「門人のことを覚えていますか」

「門人？　そこそこいましたねえ。といっても、多いときで三人ほどですものねえ。あそこには亭主に死なれて、すぐに雇ってもらったんですよ。でも先生も亡くなってしまって、本当に残念なことですよ」

和四郎は例の遣い手の人相書を見せた。

「この男を覚えていますか」

お緒香ばあさんは人相書を手に取り、頭上にかざすようにしてじっくりと見た。

「ええ、ええ、この人なら、よく覚えていますよ」

お緒香ばあさんは確信を持っていっている。

和四郎の胸は躍った。

「なんていうんですか」

お緒香ばあさんは、むずかしい顔で考えこんだ。うーん、と下を向いて人相書をにらみつけはじめた。

心の臓が破裂してしまうのではないかと思えるほど、盛んにうなり声をあげている。無理しなくていいですよ、と声をかけようとしたとき、首をぴょこんと持ちあげた。

「思いだしました。周蔵さんですよ」

どういう字を書くのか、お緒香ばあさんが教えてくれる。

「それが知らないんですよ。先生にちゃんと紹介されたわけではないし、先生がそう呼んでいたのを耳にしただけなものですから」

「その周蔵がどこから来たのか、知りませんか」

「すみません、わかりませんねぇ」

そうですか、と和四郎は間を置いた。

「周蔵が入門したのはいつ頃ですか」

この問いにも、お緒香ばあさんはしばらく考えていた。

「確か五年前くらいじゃなかったかと思いますよ。——ああ、そうだ。顔をひどく腫らしていたんです」

「どうしてですか」

「それは、きくわけにはいきませんでしたねえ。誰かに手ひどく殴られたのだけはわかりましたけど」

あの遣い手をそこまで殴れる男というのは、いったい何者だろう。

和四郎はお緒香ばあさんに顔を向けた。

「周蔵は侍ですね？」

「周蔵ですね。姓は？」

「ええ、そうです。そういえば古い門人のお方から、旗本の次男という話だけはききましたねえ」

旗本の次男か。これは紛れもなく大きな手がかりだろう。

お緒香が顔をあげ、なにかを引き寄せようとしている表情になった。

「……いつもぎらぎらした目をしていましたよ。うらみを秘めているような目だったように感じましたねえ」

それはつまり、と和四郎は思った。こっぴどく殴った者への仕返しを胸に本間道場に入門したということか。

そうかもしれない。周蔵という男の剣にはそういう邪気のようなものが宿っているような気がする。

「ですからね、あの門人を選ぶのに厳しい先生が、よくあの人を入れたものだなあ、とあたしなんかよく思ったものですよ。多分、先生はあの性根を叩き直そうとお考えになったんじゃないでしょうかね。でもその前にお亡くなりになってしまった……」

お緒香ばあさんは涙をためている。

和四郎は問いを続けるのをとどまり、お緒香ばあさんの気持ちが落ち着くのを待った。

「周蔵が旗本の次男ということを教えてくれた門人を、覚えていますか」

「ええ、覚えていますよ」

周蔵のときとはちがい、すぐに名と住まいが出てきた。お緒香ばあさんにずいぶんよくしてくれた人らしく、ばあさんもその人のことは決して忘れなかったようだ。

同じ道場で研鑽を積んだ仲なら、周蔵について詳しく知っているのはまずまちがいなかろう。

あの遣い手に近づきつつある実感を、和四郎はようやく掌中にした気分になった。

すでに夜の帳《とばり》がおりてきていたが、お緒香ばあさんの教えてくれた場所を訪問してみた。

そこは以前、お緒香ばあさんが住んでいた高田四家町だった。

門人は米沢《よねざわ》伊左衛門《いざえもん》という小普請組の御家人で、屋敷はお緒香ばあさんのいった場所にあったが、伊左衛門は病死していた。

家人に話をきいたところ跡継はなく、親戚から養子が入ったとのことだ。

伊左衛門に内儀はいたが、周蔵のことは知らなかった。

手がかりの糸はまたも切れた。

いや、周蔵という名が知れ、しかも旗本の次男というのがわかっただけでも十分な収穫だろう。

よし、帰ろう。

和四郎は、登兵衛の待つ別邸に向けて歩きだした。夜目は利くが、一応は小田原提灯を灯す。府内を提灯なしで歩くのは法度《はっと》だ。つまらないことで役人に見咎められたくはない。

道は田端村に入った。もともと人けはろくになかったが、村に入ってからはさらになくなった。夜という深い谷底を、一人歩いている気分になる。

尾行している者がいないか。それにはかなり気をつかっている。和四郎の癇に障るような気配はない。

大丈夫だ。誰もつけてはいない。

別邸までもう二町もなくなっていたが、和四郎はふと尿意を覚えた。別邸の厠でするべきだろうが、我慢できなかった。仕方なく立ち小便をしようと立ちどまった。

なにかが横手から近づいてきた。獣のような感じだ。

なんだ、と思う間もなく風を切る音が間近できこえた。

うおっ。自分の喉からうめくような声が漏れ、和四郎は思いきり体をかがめた。

なにかが頭上を飛び去り、同時に髷《もとどり》が飛んだのがわかった。音を立てて髪の毛が顔に落ちてくる。

和四郎はぞっとした。この前と同じだ。この襲撃を受けて、ともに安売りの米のことを探索していた武七は殺されたのだ。

あの遣い手だ。周蔵にまちがいない。

今の斬撃をよけられたのは、奇跡としかいいようがなかった。

次の斬撃を浴びせられる前に、立ちあがらなければならない。

だが、刀は振りおろされていた。

和四郎はうしろにはね跳んだ。今度は着物の帯が切れた。着物が乱れたのがわかったが、そんなことは気にしていられない。

懐に匕首は呑んでいるが、そんなものをだしたところで蟻が嚙むほどの傷さえ与えられない。

和四郎にできるのはただ逃げまわることだけだ。夜の厚い闇が周蔵から自分を隠してくれるのを願って。

和四郎は足音を立てぬように走りだした。次の斬撃がいつ背中に見舞われるか、気が気でなかった。

うしろを振り返りたかったが、もしそんなことをして追いつかれることになったら、と思うとそれもできない。

必死に走り、別邸を目指した。行けば、直之進がいる。直之進なら周蔵を撃退してくれる。

あと半町ほどというところで、和四郎は足をとめた。

あたりの気配をうかがう。

暗澹とした。先まわりされている。まちがいなく近くにやつはいる。これが殺気というものか。背筋を冷たくさせるものが、霧のように充満していた。

やつは俺のあとを追ってきてなどいなかった。はなから俺が別邸に駆けこむと見て、先まわりしたのだ。

このまま門に進めば、まちがいなく斬りつけられる。自ら火のなかに飛びこむようなものだ。

和四郎は門をあきらめ、ところどころ起こされはじめている田のなかを大まわりして別邸の反対側に出た。

細い道が塀沿いに走っているのが、暗闇のなか薄ぼんやりと見える。田に這いつくばるように身をひそめ、あたりの気配をうかがった。

やつはいない、と判断した。同時に田を飛びだし、塀に向かって駆ける。思いきり跳躍して塀を蹴ると、塀の上にかろうじて指がかかった。

指だけではなかなかよじのぼることができない。それに、塀は高い。今は片手でなんとかぶら下がっているようなものだ。

こんなところを周蔵に見つかったら、好餌以外のなにものでもあるまい。

うしろの茂みのほうで、がさっと音がした。ぎくりとする。

はやく越えねば。

焦って、足が滑る。気配がずんずんと近づいてくるような気がする。

またも、次の瞬間に刀が襲いかかってくるのではないか、という思いにとらわれた。

背後を振り返る。恐怖で振り返らざるを得なかった。

誰もいない。では、さっきの茂みの音はなんなのか。

狸かなにかだろうか。そうかもしれない。塀に足をつっぱると、なんとかよじのぼれそうに思えた。

再びがさっと音がした。

かすかに土を蹴る足音がする。狸などではない。

まずいぞ。はやくしろ、と自らを叱咤する。あまりの恐怖にこめかみがずきずきしてきた。

ようやくすべての指がかかった。腕力をつかって、体を塀の上に引きあげる。

背後を見ることなく、塀を越える。その一瞬、抜き身を手にした影がほんの一間ほどの距離にいるのが見えた。

危うかった。庭におり立つや、冷や汗が出てきた。

着物のそこかしこが切れているのに気づく。やつにやられたのかと思ったが、塀には忍び返しが設けてあり、そのためにできた小さな傷だった。

俺が乗り越えられたということは、と和四郎は思った。やつも入ってこられるということではないか。

とにかく、今はやつからは逃れることができた。

和四郎は心からほっとした。途端に、忍び返しで負った傷の痛みがやってきた。尿意も戻ってきている。

第四章

一

「おそいですね、和四郎は」

手をこすり合わせて、登兵衛が気がかりそうにいった。

日暮れてから火鉢がいるほどではないが、あったら少しはありがたいな、と思わせるほどに冷えている。

座敷には行灯が一つ灯されているきりで、薄暗く感じられた。庭に面している障子は閉めきられている。

「確かにおそいな」

「なにかあったのでございましょうか」

かもしれぬ、と直之進は思った。考えたくはないが、もし和四郎が殺《や》られたとしたら、あの遣い手があらわれたにちがいあるまい。

ふと、大気が妙に波立っているのを感じた。

直之進は立ちあがり、畳の上の刀を帯びた。障子をあけ、木々の先に見える塀のほうを見つめた。

「いかがされました」

それには答えず、直之進は見つめ続けた。

誰かが戦っているのか。塀の向こう側のようだ。しかし剣戟の音は響いてこない。

直之進は登兵衛に視線を転じた。

「なんとなく外の様子がおかしい」

登兵衛が案じ顔になる。

「行灯を消しますか」

直之進は再び外の気配を嗅いだ。

「いや、いいようだ」

大気はもとの穏やかさを取り戻しつつある。戦いが終わったのだろうか。

むっ。直之進は人の気配を感じ、登兵衛の前に立った。

「誰か来たのですか」

「ああ」

「和四郎でしょうか」

「かもしれんが、ちと様子がおかしい」

「えっ」

「待ってみよう」

庭から忍びやかな足音がきこえた。ぬっと男の影がいきなり見えて、濡縁の前で立ちどまった。

「旦那さま」

「和四郎」

傷を負っているのが行灯でわかる。髪もざんばらだ。

「どうした、なにがあった」

直之進はきいた。

「いや、まずはあがったほうがよかろう」

直之進は手を貸そうとした。

「いえ、とりあえずここで」

和四郎がなにがあったかを話した。

「やつはまだ近くに？」

直之進は和四郎にただした。

「わかりません。つい先ほどまではいましたが」

直之進は登兵衛に、十分に用心するようにいっておいてから門に向かった。とてもではないが、和四郎のようにこの屋敷の塀を乗り越えることはできない。

門のところに門番が二人いる。

「俺が出たら、ときを置かずに閉めろ。俺が戻ってくるまで決して誰も入れるな」

直之進はくぐり戸から外に出た。

心配なのは、こうして登兵衛のもとを離れた隙を狙われることだ。なにしろ前に一度、料亭で裏をかいたつもりが逆に痛い目に遭わされている。やつは直之進を誘いだしておいて、登兵衛を狙ったのだ。

別邸の周囲をまわってみた。

やつらしい人影はない。気配も感じない。

いや、と直之進は門まで戻ってきて思った。近くにいる。

じっとりと汗がにじんできた。やつはどこかにひそみ、じっと見ている。隙を狙っていた。狩りに出た獣を思わせる。

どこだ。

直之進はさりげなく立ちどまり、目を動かすことなく捜した。

あそこだ。

田につながる細い道のそばに、地蔵が安置されている小屋がある。その陰が怪しい。妙な気を放っている。

直之進は鯉口を切り、じりじりと近づいていった。

この気配はやつがつくりだした偽のもので、今にも背後から斬りかかられるのではないか、という心持ちになる。全身から汗が噴きだしはじめた。

小屋にあと二間というほどのところで、直之進は気づいた。気配は消えていた。

いつ消えたのか、正直わからなかった。

肩すかしを食ったような気分だ。しかし、やつはやはり並みではない。

直之進は門番に声をかけた。門を入る前に、あらためて塀を見あげる。二間近くはある。和四郎はよく越えられたものだ。

登兵衛の警護に戻る。和四郎の報告を、直之進は登兵衛とともにきいた。

あの男はすごい。

土崎周蔵は感嘆を隠せない。やはりすばらしい遣い手だ。

やり合いたいという衝動を抑えるのは、むずかしかった。小屋の陰から飛びだして勝負を挑みたかった。

ここそこ嗅ぎまわっている和四郎を殺せなかったのはしくじりだったが、ここまで追いかけてきたのは湯瀬直之進にどうしても会いたかったからだ。

やつは、倉田佐之助と遜色ない腕だ。

もし、さっきやり合っていたらどうだったか。俺が勝っていたに決まっている。

だが、紛れもなく勝てるという確信を持てなかった。だから自重して、小屋を離れたのだ。こんなところで、万が一でも命を失うわけにはいかない。

やつに秘剣はない。それはわかっている。こちらにはある。死をさとった師匠が教えてくれたのだ。

やつは正統の剣をつかう。いかにもやつらしいまっすぐな剣だ。

秘剣と正統の剣が当たったら、どちらが勝つか。

秘剣に決まっている。

はやく湯瀬直之進を叩き斬りたい。やつを屠ることができれば、倉田佐之助も殺れる。

佐之助を殺すことができれば、五年前のうらみをようやく晴らせる。あのときはこっぴどく殴られた。顔の形が変わったほどだ。

いや、それよりも、こちらは刀を振るったのにまったく相手にならなかったのが、衝撃だった。

長かった。ようやく秘剣を得、勝てる自信を抱いて倉田屋敷に向かったら、倉田家は取り潰され、佐之助は行方知れずになっていた。この前、出合えたのは天の導きだろう。

はやくやつを屠りたい。念願をこの手にしたくてならない。

だが、と周蔵は思った。その前にしなければならないことがある。

これはしくじるわけにはいかなかった。

二

夜明けまでほとんど眠らなかった。

いや、眠ってしまうわけにはいかなかった。

こんなのは用心棒として慣れっこで、さして眠気はない。

「湯瀬さま、大丈夫でございますか」

朝餉の最中、登兵衛が声をかけてきた。

「大丈夫だ。それより、登兵衛どのは眠れたのか」

「ええ、おかげさまで。湯瀬さまがいらしてくれなかったら、おそらく眠れなかったと思います」

「それはよかった。役に立てているのが実感できるのはうれしいことだ」

「手前も湯瀬さまにいらしていただいて、本当によかったと思っています」

朝餉を終えて茶を喫しているとき、登兵衛がなにか思いついたように顔をあげた。

「湯瀬さま、手前に考えがあるのでございますが、きいてもらえましょうか」

「うむ、なにかな」

「これから和四郎がまた探索に出かけますが、湯瀬さま、和四郎の警護についてやってくださいませんか」

意外な申し出だ。

「いいのか。そんなことをしたら、おぬしを守る者がいなくなってしまうぞ」

「手前はいいのでございます。この屋敷には人数がおりますし。……湯瀬さま、ご同意いただけませんか」

「同意するわけにはいかんな」

直之進が見たところ、この屋敷にいるのはそこそこ遣えるのが二、三名だ。

「いくら数をそろえても、周蔵というあの遣い手には敵せぬぞ」

「わかっております。でもそれだけの人数がいれば、手前もそうあっさりとはやられないものと」

どうだろうか、と直之進は思った。

「手前は和四郎のことが心配でならぬのです」

「気持ちはわかるが……」

登兵衛の決意はかたそうだ。用心棒としては、雇い主の命にしたがうしかないのだが、もし登兵衛が殺されてしまったら、後悔に一生さいなまれるだろう。

そうか、と直之進は思った。自分の代わりがつとまる用心棒を見つければいいのだ。

だが、そうたやすく見つかるはずもない。

一番最初に頭に浮かんだのは、佐之助だった。あの男は確か、以前に金貸しの用心棒をしたことがある。冷酷な強盗が江戸を騒がせていた頃で、あの男は押しこんできた者どもを皆殺しにしてみせたのだ。

しかし居どころもわからない。今、なにをしているのか。

まさか千勢のところではあるまいな。

またも同じことを考えてしまった。それにやつを見つけたところで、登兵衛の用心棒を頼めるはずもない。頼んだところで、やつも千勢の代わりの仕事が忙しいだろう。

どこかに佐之助のような凄腕の男がいないだろうか。

琢ノ介の顔も頭に浮かんだが、琢ノ介では残念ながら周蔵とはやり合えまい。

それに、道場があって、ここに来るのはむずかしい。

もう少し腕の立つ者がほしいな。

一人の顔が直之進の脳裏を矢のようによぎった。

あの男ならどうだろうか。

あれだけの腕なら、周蔵は秘剣を持っているとはいえ、そうたやすくやられないはずだ。秘剣のことは、俺が詳しく話せば、だいぶちがうだろう。

「登兵衛どの」

直之進は語りかけた。

「一人、凄腕に心当たりがある。ちと屋敷を抜けるゆえ、和四郎どのと一緒にいてくれぬか」

朝餉を食べ終えたあと、寝床で横になっていると、なんとなく湯瀬直之進のことが脳裏に浮かんできた。

やつめ、と佐之助は天井をにらみつけて思った。きっと俺が今どうしているのか、考えたにちがいない。

でなければ、唐突にあの男の顔が浮かんでくるはずもない。

人には、そういうものがあるのを佐之助は知っている。

起きあがり、枕元に置いてある二枚の人相書を手にした。新たに加わった二枚の人相書だ。じっくりと目を落とす。

見れば見るほど、頭のなかにある顔とそっくりだ。さすがに千勢としかいいようがない。

晴奈を連れ去ろうとした三人の侍の顔が、これでそろったことになる。

昨日、千勢のもとを訪れたのはこの人相書を描いてもらうためだ。

あの遣い手以外の二人を捜しだせれば、遣い手の正体も知れるだろう。

千勢は、佐之助の頭に残るかすかな気配などを引きだすのがとても巧みで、佐之助に話をききながらすらすらと描いていった。

この出来なら、十分すぎるほど役に立つだろう。

それにしても、と佐之助は昨日のことを思いだした。まさか千勢の長屋があんな騒ぎになっているとは思いもしなかった。

どういう騒ぎだったのか、千勢に話をきいたところ、利八の死により、料永の株を誰が握るか、でもめており、あのお咲希という娘が犠牲になっているようだ。

千勢たちが困っているのを見て、追い払ってやったが、あれで千勢がさらに困ることにならないか。

いや、あれでよかったのだ。千勢を苦しませるやつを俺は決して許さぬ。

人というのはどこでも同じなんだな。

佐之助はそんな思いを強くした。

人というのは小さい。小さすぎる。欲で体ができているような気さえする。

しかし、人のことばかりいえない。欲は自分にもある。千勢を我が物にしたい、という思いだ。

それがうつつのものになるか。

なるかもしれない。

それは昨日、お咲希が人相書に描かれたのが誰なのか、知りたがったときにわかった。

「旦那さまの仇につながる人よ」

千勢がしっかりとした口調でお咲希に告げた。それをきいたお咲希が畳にちょこんと両手をそろえ、深く頭を下げた。

「どうか、よろしくお願いします」

「まかせておけ」

こんな小さな子が、と胸を打たれたが、佐之助はそれだけを口にした。

お咲希が見あげてきた。つぶらな、という形容がぴったりくる瞳だ。どこか千勢に似ていた。

「もしかして、お千勢さんが好きな人というのは……」

「なに」

狼狽を隠すために、佐之助は思わず問い返した。

千勢が恥ずかしそうにうつむく。

あのときの千勢の顔を思いだすと、佐之助はうれしさの拳が胸を突き破るのではないか、と思えるほどだ。

きっと利八の仇を討ってやる。そうすれば、千勢はとびきりの笑顔を見せてくれよう。

やってやるぞ。佐之助は決意を新たにした。

三

出仕前に話をきくだけなら、たいしてときはかかるまい。

矢板兵助と武田尽一郎は銭谷屋敷の前にやってきて、卯兵衛が出てくるのをじっと待った。

今日はあまり天気がよくなく、雨が降りだしそうな感じはないが、厚い雲に隠されて太陽はのぼっていないも同然だ。風もやや冷たく、こうして立っていると、足裏から冷えが這いあがってくる。

「寒いな」

尽一郎が手のひらをこすり合わせる。兵助は手のひらに息を吹きかけた。

「寒の戻りというやつか」

「春の足踏みというのも、なかなか心楽しいものではあるさ」

思いがけない言葉をきいて、兵助は尽一郎を見つめた。

「どうした」

尽一郎が不思議そうに見返す。

「尽一郎、おぬし、前と人が変わりかけているように見えるのでな。なにか歌心があるというか」

「歌心なら前からあったさ」

「そうだったかな」

「そうさ」

おっ。兵助は、銭谷屋敷の門があいたのを見た。御蔵役人の銭谷卯兵衛が出てきた。数名の供を連れている。

兵助と尽一郎は小走りに駆け、卯兵衛の前に立ちはだかるようにした。供の者が驚き、卯兵衛が目をみはる。

「おぬしらは――」

「銭谷どの、出仕前に申しわけない。ききたいことができたゆえ、こうしてまかりこしました」

供の者を押しのけるように前に出てきた卯兵衛が眉をひそめる。

「それにしても唐突すぎる」

「申しわけない。この通り」

頭を下げながら、兵助は供の者には見えないように小判を卯兵衛の袂に落とし入れた。

小判の重みを感じ取ったか、途端に卯兵衛の表情がゆるむ。

「ききたいことというのはなにかな」

供の手前、不機嫌そうな声をだしたが、顔は柔和そのものだ。

兵助は、卯兵衛を供から少し離れたところに引っぱっていった。

「高築平二郎どのたちの妾のことにござる。銭谷どのは彼《か》の者たちの妾に関し、ご存じのことはなかろうか」

「高築たちの妾？　はて、それがしは知らぬのう」

兵助はじっと見た。卯兵衛はとぼけているわけではなさそうだ。

「高築どのたちの会話でも、そのような話題が出てきたということは？」

「それがしとはよく話したが、妾の話は出たことがなかった」

卯兵衛はしっかりと思いだしていってくれている。

つまり、と兵助は思った。妾の話は三人の秘密だったというわけだ。あの角半というこぎれいな煮売り酒屋でだけ話していたのかもしれない。

もっとも、秘密にしていたのは最初だけなのだろう。だから角半のお志伊という小女にすら、妾にならぬか、などと声をかけているのだ。かなり気がゆるんでいたのだ。

銭谷卯兵衛に手間を取らせた詫びを口にして、兵助と尽一郎はいったん中西道場に戻った。

ちょうど朝稽古が一段落したところで、門人たちは次々に道場をあとにしてゆく。

「どうだった」

門人たちを見送っていた琢ノ介がきいてきた。

「駄目でした。銭谷卯兵衛は妾に関し、なにも知りません」

「そうか。残念だな」

卯兵衛とのやりとりを、奥にいる中西悦之進に報告してから、兵助と尽一郎は道場に戻った。

「平川さん、お願いしたいことがあるのですが」

「なにかな」

兵助は口にした。

「そんなことか。お安いご用よ。でも、それならはやく行ったほうがいいな。あの親父、朝はやく出ちまうから」

兵助は尽一郎、琢ノ介と道場を出て、道を東に取った。四半刻もかからず一軒の店の前に着いた。

米田屋と染め抜かれた暖簾が、冷たい風に揺れている。

琢ノ介が暖簾を払う。兵助と尽一郎はあとに続いた。

そこは土間だった。一段あがったところに店囲いがあり、そこに目の細い男が座っていた。

「ああ、平川さま、いらっしゃいませ」

兵助たちを見て取り、土間におりてきた。

「こちらが、この店のあるじの米田屋光右衛門どのだ」

琢ノ介が、光右衛門を紹介してくれた。兵助と尽一郎は名乗り返した。

「これはごていねいにありがとう存じます。光右衛門と申します。どうぞ、よろしくお願いいたします」

恐縮したように腰を折る。

「米田屋、今から外まわりか。今日はおそいのではないか」

琢ノ介がきく。

「ええ、ちょっと昨日の帳簿づけに手間取りましたもので」

「おぬし、小遣いをちょろまかしているのではないか」

「滅相もない。店の金に手をつけるなど、手前は決していたしませんよ」

「まあ、そうだろうな。それで米田屋、こちらにまいったのはほかでもない。この二人がききたいことがあるというのでな。答えてやってくれるか」

「はあ、手前がお答えできることでしたら、なんなりと」

琢ノ介が二歩ばかり引いた。兵助は尽一郎とともに前に出た。

「御蔵役人に妾を周旋している口入屋を知らぬか」

「御蔵役人ですか」

光右衛門が首をひねる。

「手前は存じません。申しわけないですが」

「ならば、御蔵役人とはいわぬ。武家に強い口入屋を知らぬか」

「いくつかございますが、さようですねえ、手広く商売をしているところがよろしゅうございましょうね」

米田屋を出た兵助と尽一郎は、琢ノ介にここまででけっこうですよ、といったが、乗りかかった船だから、とその口入屋に一緒に来てくれた。

その口入屋は御蔵役人とのつき合いはなかったが、御蔵役人が出入りしている口入屋を教えてくれた。

次に向かった口入屋は伊那屋《いなや》といって、浅草御蔵前片町にあった。道をはさんだ目の前は浅草御米蔵だ。

御米蔵は御蔵といわれているが、三つの門番所があり、堀割が切られ、石垣が組まれ、竹矢来が張りめぐらされている。さすがに幕府の大本をなす米が集積される場所だけに、厳重な警戒ぶりだ。

これを見る限り、ここから米を横流しするのは無理としか思えない。しかしどうやってか、それをしてのけている者がいるのだ。三人の御蔵役人が消えたというのが、そのなによりの証左だろう。

伊那屋は繁盛していた。日傭の仕事を欲しているがっしりとした男、武家屋敷での中間奉公を望む男、用心棒仕事を捜しているらしい浪人。

女も数名いた。いずれも若く、眉を落としていないことから、妾奉公を望んでいる者かもしれない。それとも、水商売だろうか。とにかくさまざまな人が出入りしている。

さすがに浅草で、米田屋とは客の入りが明らかにちがう。その人々の出入りに、兵助はしばらく見とれた。

ふと、視線を感じた。兵助は視線の主を捜した。

見つめている男がいた。身なりは明らかに町人だ。いやな視線ではない。

知った者かと思って脳裏を探ってみたが、知り合いではない。誰だろう。

もう一度顔を見ようとしたら、いなくなっていた。

なんだったのだろう、今の男は。気になったが、今さらどうすることもできない。

「そちらのお侍、どのようなお仕事をご所望ですか」

手代の一人が兵助に声をかけてきた。

「ああ、仕事ではない。ききたいことがあってな」

「どのようなことでしょう」

兵助は手代を、土間の人のいないほうに連れていった。尽一郎と琢ノ介がついてくる。

兵助は高築平二郎と杉原惣八の名をだし、妾を世話したことがないか、きいた。妾という言葉がきこえたのか、一人の若い女がちらりと顔を向けてきた。

「高築さまに杉原さまですか」

「二人とも御蔵役人だ」

手代は、あれ、という顔をした。

「もしや、行方が知れなくなったお方ではありませんか」

「その通りだ」

「あの、お侍はどうしてそのようなことをお調べになっているのです。まさか御徒目付さまですか」

兵助はうなずいてみせた。

「風体はわざと浪人ふうにしているのだが」

「さようでございましたか。それは失礼いたしました」

手代が深く頭を下げる。

「帳面を調べてまいりますので、少々お待ち願えますか」

手代が奥に去ってゆく。

兵助たちの前を七、八人の男女が出たり入ったりを繰り返した頃、手代が戻ってきた。帳面を手にしている。

「お待たせいたしました。そのお二人にお妾をお世話したということはございませんね」

「さようか」

「お役に立てず、申しわけないことにございます」

「いや、よい。ほかに御蔵役人とつき合いのある口入屋を存じているか」

「はい、いくつかございます」

手代は三つの口入屋の名を口にした。

行くしかない。ここで探索を途切れさせるわけにはいかない。

兵助たちは暖簾を払って外に出た。

道を北へ歩きだしてしばらくしたとき、うしろから呼びとめられた。

「もし」

振り返ると、若い女が立っていた。

「おぬしは」

さっき伊那屋にいた女だ。

「お侍、高築さまのことを、手代さんにきいていらっしゃいましたね」

「ああ。それがどうかしたか」

兵助は期待を持って女をじっと見た。高築平二郎たちのことについて、この女はなにか知っているのではないのか。

尽一郎も琢ノ介も同じ目で女を見つめている。

ふと兵助は気づいた。まさか平二郎の妾本人ではあるまいな。

四

気力がみなぎっている。

春の陽射しを浴びて、直之進は歩きながら小さくのびをした。本当はふんぞり返るくらいまでしたかったのだが、そばに和四郎がいるのでやめておいた。

「湯瀬さま、うれしそうでいらっしゃいますね」

頭を丸々と剃った和四郎にいわれ、直之進は笑みを見せた。

「こんなことをいうと登兵衛どのに叱られるかもしれぬが、やはり外は気持ちいいな。人に返ったような気分になる」

「人に返る、ですか。では、今まではなんでいらしたのです」

「穴倉にひそむもぐらかな」

「これほど強いもぐらは、この世にいないでしょうが」

和四郎がよく光る頭を下げてきた。

「でも正直、助かります。湯瀬さまがそばにいてくれるだけで、心持ちがまったくちがいますから」

「その期待に応えられるよう、一所懸命つとめよう」

「よろしくお願いします」

低頭して和四郎がきく。

「先ほどのお方は遣われるのですか」

直之進は和四郎を見た。あの人がどのくらい遣うか、

「おぬしははじめて会ったとき俺の腕を見抜いた。あの人がどのくらい遣うか、わかったのではないか」

和四郎が微笑する。

「相当のものとお見受けしました。あのお方なら、我があるじをおまかせしても大丈夫でしょう」

「もし周蔵が襲ってきても、きっと登兵衛どのを守り抜いてくれよう」

下手に反撃に出ようとすると危いかもしれないが、守りに徹していればまず大丈夫だ。そのことはいいきかせるまでもなく心得ていた。

昨夜のこともあり、和四郎はあたりに注意を払いつつ歩を進めている。

「あのお方とは、どのようなお知り合いなのですか」

直之進は少し考えた。

「話すと長いな。すまんが、待ってくれぬか。いずれきいてもらうゆえ」

「ええ、いつでもかまいません。楽しみに待っていますよ」

陽射しが強く感じられる。朝方は冷えこんだのだが、日がのぼるにつれ、雲が取れてきた。直之進は手ぬぐいで汗をふいた。

「和四郎どの、今日は周蔵捜しに専念するのだな」

「はい、昨夜、打ち合わせた通りに」

それにしても、と直之進はいった。

「佐之助が、女を手ごめにしようとした三人組の侍のことを調べているというのは、有力な手がかりとなりそうだな」

「まったくです」

和四郎が深くうなずく。

「昨夜、湯瀬さまがおっしゃったように、その三人組の一人が周蔵であるのはまずまちがいないでしょうから」

「おぬしが調べだしてきた旗本の次男ということも合わせると、その三人というのは不良子弟としてなにかと騒ぎを起こしていたような輩にちがいあるまい。そのような男どもは、今の旗本ならいくらでもいようが、周蔵という名を持つ者はそうはいなかろうな」

「おっしゃる通りです」

お和佐という女の居どころはわからないが、これは直之進も、富士太郎が別邸にやってきたときあえてたずねなかった。三人の顔をまったく見ていないのなら、お和佐にじかに話をきいたところで仕方ない。

和四郎が、お和佐が以前住んでいた町とその周辺を徹底して探索する気でいるのはわかっている。直之進は黙ってそばについているつもりだった。

他の町へ引っ越す前、お和佐が駒込千駄木町に住んでいたことはすでにわかっている。和四郎はまっすぐ向かっている。

四半刻の半分もかからずに、和四郎が足をとめた。

「ここが千駄木町です」

「近いな」

「ええ、このあたりは下駒込村も同然といっていいと思います。そのあたりの田畑はみんな下駒込村のものですよ」

和四郎が指さしたのは、大名屋敷らしい大きな建物にはさまれた土地だ。町屋はなく、広い田畑がいくつか見えている。下駒込村は田端村の隣の村だ。

「しかし、例の周蔵という遣い手がこんな近くに住んでいたのかもしれないと思うと、ずっと遠まわりしてきたように思えてなりませんよ」

「探索というのはそういうものなんだろう。結局ここにたどりついたのだから、遠まわりとはいえんと思うな」

「ええ、その通りですね。申しわけない。ぼやいちまいました」

すぐに動きだすのかと思ったが、和四郎はそこにたたずんだままだ。

「どうした」

「ああ、すみません。お話ししていませんでしたが、人と待ち合わせしているんです。やはり一人で動くより二人で手わけしたほうが、捜しやすいでしょうから」

「誰が来るんだ」

その答えを得る前に、和四郎が手をあげた。

「ああ、来ました」

駆けてきたのは、直之進も一度会っている太之助だった。中間の格好をしている。

「ああ、湯瀬さまもご一緒ですか」

少し息を切らしている。

「俺たちの警護をつとめてくださる」

「えっ、そうなのか。旦那さまのほうはどうなっているんだ」

和四郎がそれについて説明する。

「ほう、そんな遣い手が。それならば、旦那さまのほうは心配ないな」

和四郎と太之助は二手にわかれることになった。和四郎が太之助に、周蔵には用心するようにくどいほどいった。

「俺には湯瀬さまがついてくれるからいいが、太之助は丸腰も同然だからな」

「わかっている。決して気はゆるめん。俺はそんな頭になりたくない」

昼に一度、この場で落ち合うことにした。

では、と太之助は駆け去っていった。

「湯瀬さま、まいりましょうか」

和四郎は町をまわりはじめた。

最初は自身番に入って話をきき、次いで近くの武家町をまわって、出入りの商人に周蔵の人相書を見せた。

しかし、午前中はなにも得られなかった。

それは太之助も同じだった。

腹が空いたので三人して手近の一膳飯屋に入り、飯を食った。

そんなにうまくはなかったが、直之進にしてみれば、腹が満たされれば十分だった。

和四郎が代を払う段になって、人相書を一膳飯屋のあるじに見せた。しかし、当たり札はここでも引けなかった。

「和四郎どの、今考えついたのだが、いいかな」

一膳飯屋を出て、直之進はいった。

「はい、お願いします」

和四郎と太之助は、そろって耳を傾ける風情だ。期待が瞳に見えている。

「周蔵という男は旗本の次男で、不良だった。そういう男は、遊びの金を得るためにどういうところに居つくものか」

直之進は言葉をとめ、二人を見た。二人ともさとった顔をしているが、黙ったままだ。

直之進は続けた。

「賭場ではないかな。あれだけの腕を持つ男だ、仮に本間道場で鍛えてもらったとしても、それまでだって敵なしといえたのではあるまいか」

「その通りですね」

和四郎が深く顎を引く。

「さっそく賭場を当たってみましょう」

町方の手が及ばないから、だいたい寺や武家屋敷が賭場になっていることが多い。

ただ、このあたりには寺と武家屋敷は数多く、それをいちいち当たっていくのは手間がかかりすぎる。

それなら、大本を当たったほうがはやそうだ。やくざ一家が居を構えているところを駒込千駄木町の自身番で教えてもらい、直之進たちは向かった。

着いたのは、根津権現門前町だ。ここに糸蔵《いとぞう》一家というのがあるのだ。

そこそこの勢威を張っているようで、糸蔵一家の家は大きかった。入口はあけ放たれ、やくざ者が土間や奥の畳にたむろしているのが見えた。ときおり、店の前を通る町人たちにねめるような視線を送っている。

「お邪魔しますよ」

和四郎が平然と入ってゆく。直之進は太之助のうしろに続いた。

「なんでえ、おまえらは」

土間にいるやせた男がすごむ。

「人捜しをしているんです」

「人捜しだあ。誰を」

和四郎が懐から人相書を取りだす。

「この男です」

やくざ者がひったくるようにして目を落とした。

「知らねえなあ」

乱暴に人相書を返してきた。

「ほかのお方にも見ていただけませんか」

「知らねえっていってるんだ。とっとと出ていきな」

直之進は前に出た。

「こうして頼んでいるんだ。ほかの者にも見てもらえんかな。見たところ、おまえさんはまだ若い。もう少し歳がいった者がいいんだがな」

やくざ者がにらみつけてきたが、直之進が見返すと、あわてたように目を伏せた。

「ちょっと待っててくだせえ」

身をひるがえしたやくざ者は、兄貴分と思える男たちに人相書を見せはじめた。

「なんでえ、土崎さまじゃねえか」

一人の男が声をあげた。

「知っているのか」

直之進は、畳の上にいる男に近づいた。あわててその男が背筋をのばし、正座した。

「ええ、存じてますよ。しかし、お侍、迫力ありますねえ。一見、優男《やさおとこ》だが、ただ者じゃありませんね。ちょうど今、ろくな用心棒がいないものですから、いかがですかい。弾みますよ」

「先約がある」

「あいたら、つなぎをいただけませんか」

考えておこう、と直之進はいった。

「おまえさん、さっき土崎といったな。人相書の男は土崎周蔵というのか」

「ええ、さいです」

男が人相書を返してきた。

「何度かうちの賭場の用心棒をしてもらったことがあります。だいぶ前の話ですがね。五年以上も前でしょう」

「その後、土崎周蔵は用心棒をやったことはないのか」

「ええ、ありませんね。最近は顔を見たこともありませんや。どこかに婿入りしたのかもしれませんぜ」

「住まいは知っているのか」

「いえ、あっしらは賭場だけのつき合いでしてね、どこに住んでいるかはききませんでした。きいたところで、どうせ貧乏旗本の部屋住ですからね、話したくもなかったでしょうねえ」

「用心棒をしているときは、賭場に住みこんでいたのか」

いいえ、と男はかぶりを振った。

「たいていは、女のところにもぐりこんでいましたよ」

五

駒込根津町の自身番に入った。

「この男たちを捜しているんだが」

つめている町役人に、佐之助は三枚の人相書を見せた。

「今日は人捜しのお方がよく来ますねえ」

町役人が目を丸くしていった。

「誰か来たのか」

「ええ、先ほどお侍と町人がいらっしゃいましたよ」

町役人が二人の風体を話す。どうやら、と佐之助は思った。その侍というのは湯瀬だな。町人というのは、湯瀬が雇われている札差の配下だろう。やつは札差のもとを離れたのだ。用心棒の代わりが見つかったということか。

町役人が人相書をじっくりと見てゆく。最後の人相書に目をとめた。

「あれっ、同じ人ですよ」

佐之助はすかさず食いついた。

「その二人が捜していた者か」

「ええ、そうです。確か、この人相書の人を周蔵さまと呼ばれていました。この人相書とは絵は異なりますが、まちがいなく同じ人物が描かれていますよ」

その言葉に、人相書を目にしたほかの町役人や書役も大きくうなずいた。

佐之助は手元に戻ってきた人相書をにらみつけた。

この男は周蔵というのか。

「その二人は、周蔵という男の姓はいっていたか」

「いえ、それはご存じではないご様子でした」

とにかく大きいな、と佐之助は思った。名を知ることができたというのは収穫だ。

湯瀬はお返しをしてきたのかもしれぬ。佐之助はそんな気になった。

自身番を出た佐之助は、迷うことなく武家町に向かった。

むろん、湯瀬たちも武家町をめぐっているだろう。近くの町は湯瀬たちにまかせ、自らは少し離れた武家町に足を向けた。

足を踏み入れたのは、小石川御掃除町のそばだ。このあたりは小さな旗本、御家人の武家屋敷だらけだ。

ここまで足をのばしたのは、周蔵というあの遣い手は谷中のあたりに土地鑑があるにしても、住みかのそばでは凶行に及ぶことはなかったのではないか、という勘が働いたからだ。

むろん、小石川御掃除町界隈に周蔵という遣い手が住んでいたという確証はない。ほかの町で暮らしていた、という度合のほうがはるかに高い。

それでも、ここまでやってきたという自らの勘に佐之助は頼ることにした。今はそのくらいしか、この広い江戸の町から周蔵という名の侍を捜す手立てはない。

い。

辻番所につめている者や、武家屋敷に出入りしている商人に次々に三枚の人相書を見せた。どこかの屋敷に使いに出る様子の、供を連れた侍たちの足もとめた。

手応えがあったのは、小石川御掃除町をあとにして白山御殿跡大通という道に入ったときだった。

このあたりも小さな武家屋敷が多く、佐之助は、商人、武家を問わず行きかう者すべてに人相書を見せた。疲れを覚えないでもなかったが、これまでの働きが実を結んだのは、八つ半をすぎて、小腹が空いてきた頃だった。

数名の中間を連れた侍に声をかけ、人相書を見てもらうと、中間の一人が、この人なら、といったのだ。

「あっしが前に奉公していたお屋敷の殿さまに似ていますよ」

その人相書は、周蔵という名の遣い手が描かれたものではなかった。晴奈を連れ去ろうとした残りの二人のうちの一人だ。

「殿さま？」

つまり、部屋住から婿入りしたのか。いや、それとも、もともと跡取りだったのが悪い仲間に入っていたにすぎないのか。

「なんでも、はなはどこかの三男坊というお話でしたよ」

「どこの屋敷だ」

「えーと、あれはどこでしたっけねえ。すみませんねえ、渡り奉公でいろいろまわっているものですから」

中間が考えこむ。

「はやく思いださんか」

あるじが叱る。

「すみません。――思いだしました」

佐之助は黙って待った。

「駒込新屋敷と呼ばれるところです」

佐之助は頭に絵図を描いた。

「江岸寺《こうがんじ》という寺があるそばの武家屋敷町か」

「そうです、そうです。小普請組なので、お殿さまはいつもだいたいお屋敷ですごされていますよ」

となると、今もいるかもしれない。中間によれば、三百石そこそこの家とのことだ。

どうしてこのあたりが新屋敷というのか、佐之助は知らない。

ただ、このあたりは武家屋敷町として、ほかよりおそく成り立ったのではないだろうか。本郷にも新屋敷という地があり、今は町屋が建てこんでいるが、昔は幕府から新たに武家地としてくだされたから、そういう名がついたときいている。ここも同じような事情ではないか。

すっかり日は暮れている。佐之助は昼間、あの中間に教えられた屋敷のことを調べた。

中間のいっていた通り、あるじは小普請組で三百十石をいただいていた。屋敷のあるじは、駒田《こまだ》源右衛門《げんえもん》。

日暮れとほぼ同時に裏の塀を乗り越え、今、佐之助は駒田屋敷の庭にひそんでいる。

庭はそこそこの広さがあり、木々が鬱蒼と茂っている場所もあって、ひそむのになんら不都合はない。

佐之助は銀杏の古木の陰に座りこみ、屋敷の者たちが寝静まるのをじっと待った。

昼間は晴れていたが、夜の到来とともに雲が出てきて、空に星の瞬きはない。月も見えない。生あたたかな風が吹き、庭の木々の枝をなでるように揺らしてゆく。

近くで盛りのついた猫の声がきこえる。うっとうしかったが、怒ったような鳴き声が響いたかと思うと、激しい追っかけ合いがはじまった。そのまま猫たちはどこかに行ってしまった。

急に静かになり、耳をふさがれたのではと思えるような静寂にあたりは包まれた。

ときがたつにつれて風がやみ、生きている者が一人もいなくなったかのように、人の気配が絶えた。

屋敷の者たちは一人残らず、寝入ったというわけだ。

佐之助は、用心のためにさらに半刻ほど待った。

どこからか、また猫の声がきこえはじめた。かなり遠く、あれなら駒田屋敷の者が目を覚ますことにはなるまい。

鐘の音がきこえてきた。三度の捨て鐘のあと、九つ鳴らされた。

よし、頃合だ。

銀杏の木陰を出た。

武家屋敷はどこもそうだが、戸締まりにはほとんど関心を向けていない。忍び入るのは、湯屋の湯船に浸かるのと同じくらいたやすい。

どのあたりがこの屋敷のあるじの寝所かは、すでに見当がついている。

誰もいない廊下を進み、このあたりだろう、と思ったところで立ちどまる。

かすかにいびきがきこえてくる。駒田源右衛門のものだ、と確信した。宿直《とのい》の者がいるかと一応警戒したが、そういう者は置いていないようだ。

襖をあけ、寝所に足を踏み入れた。

いびきに変わりはない。

枕元に立ち、源右衛門の顔を見た。

まちがいないな、と佐之助は思った。少し歳を取ったが、目の前で寝ているのは五年前、晴奈を連れ去ろうとした男の一人だ。

内儀が隣に寝ている。

佐之助は畳に片膝をつき、源右衛門を軽く揺さぶった。

いびきは消えたが、すぐには目を覚まさなかった。

もう一度体を揺すると、目覚めた。佐之助は源右衛門の口を押さえ、耳元にささやいた。

「大声をだしたら殺す。わかったか」

目を大きく見ひらいた源右衛が体をよじり、逃れようとする。

「脅しではないぞ」

佐之助は匕首をきらめかせた。

「もし声をだしたら、突き立てる」

源右衛門はうなずき、おとなしくなった。

「立て」

源右衛門は静かに立ちあがった。佐之助は背中に匕首を突きつけた。

「歩け」

なにかしゃべろうとする気配を見せたので、黙れ、と佐之助は手に力をこめた。源右衛門はひっと喉を鳴らし、背をそらせた。

佐之助は源右衛門を庭へ連れだし、さっきいた銀杏の古木の陰に導いた。

「座れ」

源右衛門がこわごわと腰をおろす。

「覚えているか」

暗いなか、佐之助は顔を見せた。男はしばらく凝視していたが、あっ、と口をあけた。

「思いだしたか」

佐之助は匕首を鞘にしまい、懐におさめ入れた。

「俺の腕も覚えているな」

源右衛門はうなずいた。

「ききたいことがある。素直に答えればなにもせん。俺は消え、おまえは寝床に戻れる。ただし偽りをいったりしたら、おまえはあの世を寝床とすることになる。わかったか」

「は、はい」

源右衛門の歯がからくり人形のように、かちかちと音を立てている。

「きくぞ。周蔵という男のことだ。まずは姓だ」

「周蔵？」

佐之助は瞳を光らせた。

「とぼける気か」

「は、はい。土崎です」

「土崎周蔵というのか。今どこにいる」

「知りません。嘘ではありません。もうつき合いはありません」

「いつつき合いをやめた」

「この屋敷に婿入りしたときです」

「それはいつだ」

「二年前です」

「やつはそのとき、どこでなにをしていた」

「剣術道場に通っていました。あなたさまのことを殺すといって」

「なんという道場だ」

「本間道場です。雑司ヶ谷町にありましたが、道場主が死に、今は建物はありません」

「土崎周蔵は、旗本の次男らしいな。土崎家はどこにある」

「もうありません」

「どういう意味だ」

「前はここから三町ほど南にくだったところに屋敷があったのですが、取り潰しになったのです。今、屋敷には別の者が入っています」

「どうして取り潰しに」

「周蔵の兄の刃傷沙汰です。土崎家は納戸衆でしたが、兄が殿中で同僚を刺し殺してしまったのです。一年前のことです」

源右衛門は必死にいい募っている。生きるために一所懸命だった。

「よし、わかった。俺はこれで立ち去るが、もし俺のことを土崎周蔵に告げたら、きさまを殺す。覚えておけ」

「そ、そんなことは、け、決していたしません」

佐之助は翌朝、土崎家のあった場所に行き、源右衛門がいったことが本当か、辻番所のじいさんにきいて確かめた。

真実だった。

六

「大勢で押しかけたら、驚かせてしまうだろう。兵助、ここはおぬしにまかせる」

本郷金助町《ほんごうきんすけちょう》にある一軒の家の前で、中西悦之進がいった。

「尽一郎とともに、そのお雅《まさ》というおなごから有益な話をきき だしてくれ」

「承知いたしました」

兵助は、悦之進のそばにいる三名のもと家臣の顔を順繰りに見た。三人は、頼む、というようにうなずきを返してきた。

今日は平川琢ノ介は来ていない。兵助としてはそばにいてほしかったが、琢ノ介まで来てしまっては、門人たちが置き去りも同然になってしまう。

「では、行ってまいります」

兵助は尽一郎をうながし、家の庭のほうにまわった。そちらに枝折戸がある。お邪魔するよ、と声をかけておいて兵助たちは枝折戸をあけ、庭に入った。目の前に濡縁があり、沓脱ぎに一足の女物の下駄がのっている。

閉めきられた腰高障子があく気配はなく、兵助はもう一度声をかけた。

はーい、と応《いら》えがあり、ややときを置いて障子があいた。若い女が顔を見せる。

「お雅さんだね」

「えっ、ええ、そうですけど」

「こちらには、お美礼《みれ》さんの紹介でやってきた。お美礼さんは、知っているね」

「はい、お友達です」

お美礼というのは、兵助と尽一郎が浅草蔵前片町の口入屋伊那屋を出たあと、声をかけてきた女だ。

お美礼は、高築平二郎の妾を知っていると教えてくれたのだ。それが目の前のお雅で、旦那が失踪したときいて、お雅は落ちこんでいるとのことだった。お雅のために力になってほしくて、声をかけてきたものらしい。

お雅が畳に正座した。

「どのようなご用件でしょう」

「ちょっとききたいことがあってな」

兵助は濡縁を指さした。

「座ってもいいかな」

「はい、どうぞ」

ありがとう、と兵助と尽一郎は腰をおろした。

「今、お茶をお持ちします」

「ああ、いや、気をつかわんでくれ」

そういったが、お雅はさっさと立ちあがり、奥のほうに行ってしまった。気のいい女のようだ。

茶をいれる手際がいいのか、さして待つことなく、盆に三つの湯飲みをのせて戻ってきた。

「お待たせしました。どうぞ、お召しあがりください」

「ありがとう」

兵助と尽一郎は礼をいって湯飲みを受け取った。ありがたくいただき、すぐに湯飲みを置いて切りだした。

「旦那がいなくなって困っているそうだな」

「はい、お手当てがありませんから」

「それは難儀だな。——俺たちが来たのはほかでもない、高築どのを捜しているんだ。おぬし、心当たりはないか」

「それがまったくありません」

お雅は残念そうに口にした。

「こちらが知りたいくらいです。でも、どうしてお侍方は旦那さまを捜しているのです」

「高築どのとは関わりがあるのでな」

「どんな関わりですか」

「職場の関係だ」

「ああ、でしたら同じ御蔵役人をされているんですか」

「まあ、そうだ」

「そうでしたか」

お雅の顔に、なんとか役立ちたいというような表情が見えた。

「ああ、そうだった」

なにかを思いだしたように軽く手を合わせる。

「ちょっと待っていただけますか。見ていただきたいものがあります」

お雅が奥へ小走りに駆けていった。すぐに戻ってきて、兵助に一通の文を手渡した。

「今朝、届いたばかりなんです」

「まさか高築どのから？」

「はい、そうです」

「読んでも？」

「そのために持ってきました」

「では遠慮なく」

兵助は文をひらき、目を落とした。

文には、じき戻れると思うから待っててくれ、という意味のことが記されていた。

「これは高築どのの筆跡かな」

「はい、まちがいありません」

「今朝届いたといったが、誰が届けてきたのかな」

「それがわからないんです。いつの間にか、この濡縁にはさんでありました」

お雅が板と板の隙間を示す。

「待つのはいくらでもかまわないんですけど、こちらも生身《なまみ》ですから、おなかが減らないわけじゃありませんので」

すでに暮らしに窮しつつあるようだ。

「おぬし、身寄りは？」

「ありません。私、親兄弟をはやり病で失っているものですから」

「それは気の毒だな」

「でも、いいんです。もし旦那さまが戻られないのなら、ほかの旦那さまを捜せばいいことですから」

一つ一つの仕草に色っぽさが香る。新たな旦那を見つけるのは造作もないだろう。

これ以上、きくこともなかった。ときを取らせた礼をいって、兵助と尽一郎は家を出た。

外で悦之進たちが待っている。

兵助は、お雅からきいた話を伝えた。

「文がきたのは今朝か。やはり生きていると考えていいのかな」

悦之進がつぶやく。

「お雅どのは、筆跡はまちがいなく高築どののものと断言したのだな」

「はい」

「やはり生きているのでしょう」

尽一郎が、胸を躍らせているのがはっきりとわかる口調でいった。

「しかし、文だけずっと前に書かせ、それを昨日、届けてきたというのも考えられます」

兵助は悦之進にいった。

「確かにその通りだ」

悦之進が同意を示す。

「しかし、今、我らは失踪した三人が生きていると願って動いている。だから、このまま三人を捜し続けよう」

「それで、どうしますか」

尽一郎が悦之進にきいた。

「それだが……」

今のところ、手がかりらしいものはない。どうすべきか、六人で話し合おうとした。

「あの……」

不意に背後から声をかけてきたのは、一人の町人だった。

兵助は見つめた。

「おぬしは――」

昨日、口入屋の伊那屋にいた男であるのを思いだした。こちらを人なつこそうな目で、しげしげと見ていた。今は、どこか小ずるそうな光が浮かんでいるように見える。

男が軽く会釈する。

「昨日はどうも」

「なに用かな」

悦之進が男に顔を向ける。

「あの、お侍方は、姿が消えた三人の御蔵役人をお捜しになっているんですね」

「どうしてそれを知っているのかな」

悦之進が穏やかにたずねる。

「ええ、実を申しますと、あっしもお三方を捜しているんですよ。それで昨日、こちらのお方に伊那屋さんでお会いしまして。そのときも話をきこうと思ったんですが、ちょっと急用ができちまって、伊那屋さんを出なければならなくなってしまったんです」

「おぬしは何者かな」

「大きな声ではいえませんが――」

実際に男は声を低めた。

「とある親分の下で、下っ引をつとめさせていただいてます」

下っ引か、と兵助は思った。狡猾そうな感じもそれで解することができた。

「では昨日、伊那屋にいたのも偶然ではないのだな」

兵助は確かめた。

「もちろんでさ。あっしは杉原惣八さまの行方を、ご家族の依頼を受けて捜しているんでございますよ」

「杉原どのの……」

兵助がつぶやくと、男は瞳を光らせるようにしてきいてきた。

「どうしてお侍方は、御蔵役人の行方を捜しているんですかい」

悦之進は、話すべきか少し躊躇したようだ。

「実はな――」

理由を淡々とした口調で語る。

「ほう、お父上の仇討ちですかい」

「そうだ。おぬし、名は？」

「ああ、これは失礼しやした」

男が小腰をかがめる。

「代之助《よのすけ》と申しやす。どうぞ、お見知り置きを」

悦之進も名乗り返し、兵助たちを紹介した。

「杉原どののご家族は、こたびの失踪についてどういっているのかな」

「必ず生きていますから、きっと捜しだしてください、と。懇願されちまいましたからね、あっしも自分のことのように一所懸命になって調べているんです」

「調べは進んでいるのかな」

「それなんですがね」

代之助が悦之進の顔に口を近づける。

「もしかすると、つかんだのかもしれねえんで」

「つかんだ？　なにを」

「もちろん、お三方がひそんでいる場所ですよ」

「まことか」

悦之進が勢いこんできく。

「いえ、まだ確証はつかめねえんですがね、十中八九まちがいねえ、とあっしはにらんでますよ」

「どこだ」

「歩きながら話しませんか」

異存があるはずがなく、兵助たちは露払いのように先に立って歩く代之助のうしろに続いた。

「杉原さまは大の釣り好きなんでさ。杉原さまが親しくなされている札差の一人が同好の士で、大川の近くに別邸を持っているんですよ。向島なんです」

「向島か」

悦之進が口にし、代之助に問う。

「どうしてわしたちに、そのことを教えようと考えたのかな」

代之助が情けなさそうに頭をかく。

「お三方はかどわかされたというのも考えられるんですよね。それだと、賊が杉原さまたちのそばにいるかもしれないってことじゃないですか。あっしは探索のほうはそこそこ自信があるんですけど、やっとうのほうはからっきしなんですよ。その別邸をこれから調べる気ではいたんですが、一人で行くのはどうにも心細くてならなかった。ですので、お声をかけさせていただいたんです」

七

利八の姉と弟を追い払う形になった以上、二度と料永では働けない。

千勢は、無心に枕草子を読んでいるお咲希に視線を当てた。

この子のためにも、暮らしの手立てを求めなければならない。

亡き父から直之進に嫁ぐ際、贈られた三十両は、藤村円四郎の仇として佐之助を捜しはじめるまですでにかなりつかったが、それでもまだ半分以上、残っている。

これだけあれば、お咲希と二人なら、一年以上は暮らしていけるだろう。当分暮らしの心配はいらないが、父の金は万一のときのために取っておきたかった。この世を渡ってゆくのに、なにが起きるかわからない。急の病に倒れ、動けなくなってしまうことだってあるだろう。

働かなければならない。でも、なにがいいだろう。

自分にはなにもない。でも手習師匠はできないだろうか、とお咲希を見て思った。

わからない。自分に向いているだろうか。向いている仕事をしたい。料亭の女中というのも、いろいろな人と話ができて楽しいが、なにかちがう。

不意に障子戸を叩く音がした。お咲希がびくりとする。

「お登勢さん、いる？」

はい、と答えて千勢は土間におりた。この、酒で喉をやられたような声の持ち主に心当たりは一人だ。

障子戸をあけると、立っていたのは、料永で一緒に働いているお真美だった。少しやつれている。

それを無理に振り払うように、お真美が笑顔になった。

「お登勢さん、元気そうね」

顔を動かし、店をのぞきこんだ。

「本当にお咲希ちゃん、いるのね。だいぶもめたそうね。話はきいたわ」

お邦か奈良蔵にいわれて、お咲希を連れ戻しに来たのではあるまいか。

「でも大丈夫？　人さらいということにならない？」

「ええ、そのあたりは大丈夫よ。大塚仲町の町役人にも事情は話してあるし、こっちの町役人にも話してあるから」

「そうなんでしょうね。お咲希ちゃん、自分でここに来たんですものね」

「入る？」

「いいわ、ここで。――それでね、話というのはほかでもないのよ。ついにお店から半分以上の庖丁人や奉公人がやめることになったわ」

「そうなの」

振り返ると、お咲希も悲しそうな顔になっていた。

「お咲希ちゃんには悪いけれど、私もその一人なんだけれどね」

料永はいったいどうなってしまうのか。このままでは本当に潰れてしまう。潰れてしまえば、お咲希はこの先、寄る辺がなくなってしまう。

もっとも、お咲希には、おじいちゃんはかわいそうだけれど、二度と料永に戻る気はないとのことだ。

お咲希ちゃんの面倒を見るのは、自分しかいない。私がこの子を守っていかなくては。

千勢はすでにお咲希の母親のつもりになっている。

「お登勢さん、これからどうするの」

お真美にきかれた。

「まだ決めてないの」

「前に私、いったでしょ。心当たりがあるって。今から行くつもりなんだけど、よければ一緒に行かない?」

行くのはかまわないが、お咲希を一人にするのは心配だった。

「お咲希ちゃん、出かけるから一緒に来て」

「はーい」

お咲希は枕草子を閉じて立ちあがり、土間におりた。千勢は手をつないで路地に出た。

空はどんよりしている。雨が降りだしそうな気配はないが、風は冷たい。大気がじっとりと重く冷えている。でも、冬のように足先が凍える冷たさはもうどこを捜してもない。

お真美のあとを、千勢はお咲希の手を引いてついていった。

着いたのは、関口水道町だった。すぐそばに江戸川橋が見えている。

「ここよ」

お真美が指さしたのは、一本、裏通りに引っこんだ二階屋の建物だ。

あまり新しいとはいえない店だ。どこか古いが、老舗という重々しさもない。むしろときを経ただけにすぎない、すさんだようなものが感じられる。清潔そのものだった料永とはくらべものにならない。

本当に料亭なのだろうか。建物の横に張りだしている看板には、岡藤《おかふじ》とある。お真美が裏口のほうにまわる。店に訪いを入れ、知り合いのお喜勢《きせ》という女を呼んでもらった。

お喜勢という女が出てきた。

「ああ、お真美ちゃん、いらっしゃい」

「お言葉に甘えさせてもらったわ」

お喜勢という女からは、脂粉のにおいがした。どこか気だるげだ。細い目の下にくまがあり、肌も荒れている。女郎のように見えた。

この人は、と千勢は思った。春をひさいでいるのではないのか。

「決心がついたの？」

お喜勢がお真美に問う。

「ええ」

「そちらは？」

お喜勢が千勢を見る。お真美が千勢を紹介する。

「きれいな人ね。――でも、こぶつきなの？」

お咲希に目をやっていう。

「この子はちょっとわけありなの。お登勢さんについてきただけよ」

千勢はお真美の袖を引いた。

「ちょっとお真美さん、いい」

路地のはずれに引っぱってゆく。

「ここで働く気なの？　いい店だとは思えないのだけれど」

「ええ、わかっているわ。でももうそのつもりなの。はやっている店だし、暇よりずっといいもの。給金も料永よりずっといいのよ」

「でも、料永の仕事とは全然ちがうんじゃないの？」

お真美が小さく笑う。

「そりゃそうよ。いいお給金を得るのに、きれいごとはいってられないもの」

「なにをするか、わかっているのね？」

「ええ。お登勢さんはどうするの。きれいだから、ものすごく稼げるわよ」

「やめておくわ」

きっぱりといった。見も知らぬ客に体を売るなど、ぞっとする。

「そう、じゃあしようがないわね。私が無理強いすることじゃないし」

その場を離れたお真美は、お喜勢と一緒になかに入っていった。

千勢はその姿を見送ってから、お咲希の手を引いて歩きだした。

お咲希がほっとした顔で見あげる。

「どきどきしちゃった」

千勢は笑いかけた。

「私が今の店で仕事をするんじゃないかって思ったの？」

「うん。もしそんなことするんだったら、きっととめようと思ってたの」

「そう、ありがとう」

心が満たされた思いで、千勢は道を歩いた。

ふと横に影が立った。はっとしたが、すぐに安堵の気持ちに包まれた。

「あっ」

お咲希がぽかんと口をあける。

しばらく黙っていたが、佐之助が口をひらいた。

「もし働く気だったら、ひっぱたいてでも連れ戻す気でいた」

その言葉は心にしみた。自分のことを心配してくれる人が近くにいるというのは、なんて心地よいことだろう。

「ありがとう」

千勢は心からいった。

佐之助はなにもいわず前を見ていたが、心なしか表情がゆるんだようだ。

千勢には今、佐之助の心の動きがはっきりと見えた。また一つ、互いの距離が縮まったように思えた。

千勢は瞬きせず、佐之助の横顔を見つめた。

佐之助が咳払いした。

「おじさん、照れてるね」

お咲希が笑う。

「そんなことはない」

お咲希が下を向く。ふふ、という笑い声がきこえた。

お咲希が佐之助の手を握った。佐之助がぎくりとしたように見る。

「おじさん、おじいちゃんの仇討、どういうふうになっているの」

佐之助はどぎまぎしているようだったが、大人に向けるようなしっかりとした話し方をした。

「じいさんの仇は、土崎周蔵という男であるのがわかった。その背後にまだ何者かいるのははっきりしているが、今はとにかく周蔵がどこにひそんでいるのか、俺は徹底して調べるつもりだ」

言葉をとめ、お咲希の顔をのぞきこんだ。

「吉報を待ってろ」

八

「湯瀬さま、残念でしたね」

それまで押し黙っていた和四郎が口をひらいた。

「人の生き死にばかりは、どうすることもできぬからな。仕方あるまい」

土崎周蔵がもぐりこんでいた女の家は、糸蔵一家のやくざ者がいうところでは、根津権現門前町から南に半里ほど離れている湯島四丁目にあるとのことだった。女の名はお容《よう》。

やくざ者は詳しい場所を知らなかったから、直之進たちは湯島四丁目の自身番にお容の家の所在をきいた。

しかし、町役人の話ではお容は三年ほど前に病でこの世を去っていた。

もともと女郎をしていたが、商人に身請けされ、妾となったものの、その頃にはすでに病んでいたようだ。旦那が死んだあと、しばらく周蔵らしい男が出入りしていたのは確かなようだが、旦那が逝ってから一年ほどでお容もあの世に旅立ったとのことだ。

お容には身寄りも親しい者もいないとのことで、葬儀も町の者でだしたという。

周蔵についてなにも知ることができなかったのは残念だったが、こういうのも探索のうちだろう。

おや。直之進はつぶやいて足をとめた。

「どうされました」

「あそこに中西さんたちがいる」

「中西さんというと、牛込早稲田町の道場主ですね」

そうだ、と答えて直之進は目を凝らした。朝からずっと曇っていたが、今は雲を割るように太陽が顔をのぞかせはじめている。その春らしい陽射しを浴びて、悦之進たちが半町ほど先をきびきびと歩いている。

悦之進をはじめ、中西家のもと家臣の五名すべてがそろっている。悦之進たちの前には直之進の見知らぬ男がいて、身軽に先導していた。

「おや」

今度は太之助がつぶやきを漏らす。

「どうした」

和四郎がきく。

「あの男、見覚えがある」

「あの男って、一番前のやつか」

「そうだ。高築平二郎の屋敷に顔を見せたことがあるような気がする」

「まちがいないのか」

「多分」

和四郎が直之進に顔を向けてきた。

「声をかけてみますか」

「いや、様子を見てみよう。気になる」

悦之進たち全部で七名の男は、東へ向かっている。ずんずんと進んで吾妻橋を渡り、大川沿いを北に向かった。

「向島にでも行くんですかね」

太之助がいった。

「かもしれんな」

直之進は応じた。悦之進たちはどこに、なにをしに行くのだろう。なにか手がかりをつかんだのか。

悦之進たちは源森川に架かる源森橋を渡り、水戸家の蔵屋敷沿いの道を右に折れた。

直之進たちは十分に距離を置いて、つけている。半町以上あるが、見失う怖れはまずない。遊山の人は多いが、悦之進たちの歩みは遊山に来たそれではなく、ほかの者たちとあまりに歩調がちがう。

いつしか直之進の胸にはいやな予感が兆《きざ》していた。なにかよくないことが起きるのではないか。

声をかけるべきか。

迷っているうちに悦之進たちが足をとめた。人家がまばらになり、遊山の者たちもほとんど入ってこないようなところまですでに来ている。

悦之進たちの前に、一軒の大きな屋敷が建っている。直之進たちは欅の大木の陰に身をひそめた。

屋敷は、商家の別邸のような雰囲気がある。さほど高くない土塀が周囲をめぐっている。忍び返しは設けられていない。

悦之進たちは、先頭の男となにか話し合っている。兵助が屋敷を指さしているのは、ここか、と確かめているようだ。

話し合いを終えたらしい七人は再び歩きはじめ、屋敷の向こう側に姿を消した。

「忍びこむつもりなんですかね」

和四郎がきいてきた。頭に汗をかいている。

「そのようだ」

「この屋敷は誰の持ち物なんですかね」

ちょうど通りかかった百姓の夫婦にきいてみると、玉島屋《たましまや》という呉服屋の持ち物とのことだ。

今は、ほとんど空き家も同然になっているという。先代のあるじがこの屋敷が好きでよく来ていたが、亡くなってからは店の者は滅多に姿を見せないとのことだ。

「湯瀬さま、どうします」

遠ざかってゆく百姓から目を離して、和四郎がきく。

直之進のなかで、いやな予感はますます高まっている。

「行こう」

直之進は木陰を出て、小走りになった。

屋敷を指さし、兵助は代之助に確かめた。

「ここか」

「ええ」

消えた三人は本当にここにいるのだろうか。兵助は心気を澄まし、気配を探った。

人がいるような感じはない。

「正面からではさすがにまずいでしょう。裏口にまわりましょう」

代之助がいう。兵助たちは塀を伝うように屋敷の裏手に向かった。

代之助が足をとめたところに、裏口があった。代之助が慎重に扉を押す。

あかない。

「なかからあけますよ」

いうや代之助がひらりと跳び、塀の上に手をかけた。猿のようによじのぼり、あっという間に向こう側に消えた。

わずかにきしむ音がして、扉がひらいた。

「静かなものですよ」

代之助が背後を気にしつついった。

「入ってください」

兵助は胸がどきどきしてきた。

兵助は悦之進を守るように前に立ち、なかに足を踏み入れた。

広い庭だ。背の高い木々はそれほどないが、季節になれば目を楽しませてくれると思えるとりどりの花が植えられている。だがそれも、ほとんど手入れはされていないようだ。

七名全員が敷地に入った。目の前に母屋が建っている。

「行きましょう」

門をそっと閉めた代之助がいって、歩きだす。意外に度胸が据わっているようで、堂々としたものだ。

兵助たちも続いた。

「いるかな」

尽一郎に小声できかれ、兵助は再び気配を嗅いだ。

さっきとは異なり、人の気配が濃厚にしているような気がする。

「いるようだ」

「本当か」

ああ、と答えて兵助は前を見据えた。

母屋の台所らしい戸が見えている。そばに井戸があった。釣瓶《つるべ》は乾ききっている。

足早に戸口に近づいた代之助が、あけますよ、と手をかけた。兵助は、待てとささやいてなかの気配を嗅いだ。

近くに人はいないようだ。いいぞ、と代之助に合図する。

代之助は戸を横に滑らせた。幸いなことにほとんど音はしなかった。

やはり台所だ。薄暗いなかに、大きなかまどが据えつけられているのが見える。戸口からかび臭さが霧のように這いだしてきて、兵助たちの体にまとわりついた。

臭気の霧を引き裂くように代之助が台所に入る。

兵助はあとを追うように続いた。刀の鯉口を切っていないことに気づき、あわてそうした。緊張しているな、と額の汗をぬぐう。

全員が土間に足を踏み入れた。

土足のまま上にあがる。

屋敷は広い。外から見た以上に多くの部屋がある。

次々に襖をあけて、なかに進んだ。

どこにも人はいない。母屋に入る前に嗅いだ人の気配も、湯気のように消えてしまっている。

おかしいな。兵助は心のうちでつぶやいた。なにかがおかしい。いやな予感で胸が押し潰されそうだ。

不意に、心の臓をわしづかみにされたような気分になった。

なんだこれは。

兵助は耐えきれず刀を抜いた。

ほぼ同時に右手の襖がすぱっと切れ、尽一郎がうめき声一つあげずに畳に倒れこんだ。

「尽一郎っ」

兵助は駆け寄った。だが、すでに事切れていた。

尋常でない切り口が尽一郎の体には残されていた。左の肩口から右の腰近くまで一気に切り裂かれている。

そんな。

声が出ない。

悲鳴が立て続けにきこえた。見ると、巻田甚六、仲谷彦之助、長岡久太郎の三人が突風にあおられでもしたかのように体をくるりとまわし、次々に畳に倒れこんだ。三人とも息をしていないのは一目でわかった。

やつだ。どこにいる。

兵助は悦之進の前に駆け寄った。

悦之進は抜刀している。

背後から大気を切る音がした。はっと兵助が振り向くと、悦之進の右膝ががくんと折れたところだった。箪笥でも倒れたような音を立てて、畳に顔から突っこんでいった。

背中を真っ二つに切り裂かれた悦之進が倒れた向こう側に、男が立っている。

「土崎周蔵っ」

兵助は怒りにまかせ、突進した。

刀を上段から振りおろす。

木を打つ音がして、刀がとまった。見ると、鴨居に刀が食いこんでいた。

「屋内での戦いには冷静さが必要だぞ」

さとすようにいって、周蔵が刀を横に払ってきた。

兵助は刀をあきらめて、うしろにはね跳んだ。脇差を抜く。

だがその前に、腹に痛みを感じた。気づくと、刀が腹に突き立っていた。

どうして。

周蔵を見ると、片膝立ちになり、右手を大きくのばしていた。

「意外と歯応えのないやつだな」

周蔵が刀を引く。脇差を振りおろそうとしたが、兵助にはもはやその力はなかった。

綱にでも引かれたように体が揺れ、兵助は畳に倒れ伏した。

「意外とあっけなかったですね」

声の主は代之助だ。

罠にはまったのか、と兵助はさとった。

そういうことか。三人の御蔵役人の失踪は、俺たちをおびき寄せるためだったのだ。

周蔵の目的は達せられたことになる。ということは、三人の御蔵役人は始末されてしまったのだろうか。

無念だったが、もうどうすることもできない。目の前が暗くなってゆく。痛みが消えつつある。

兵助は、暗黒の谷に向かって自らが滑り落ちはじめたのを知った。

横で和四郎がびくりとした。太之助も顔をぴくりとあげた。

直之進も少なからず驚いた。屋敷のなかから、絶叫が続けざまにきこえてきたからだ。剣戟らしい音も響いてくる。

「行くぞっ」

直之進は表門に体当たりした。

しかし頑丈であかない。何度も繰り返したが、無駄だった。

「湯瀬さま、お待ちください」

和四郎が塀に手をかけ、するりとのぼった。向こう側におり、くぐり戸をひらいた。

門を入ったが、もう悲鳴も剣戟の音もきこえてこない。嵐が唐突にすぎ去ったような静けさに屋敷内は包まれている。

母屋から二人の男が出てきたのを、直之進は見た。

一人は悦之進たちを先導していた町人だ。

もう一人に目がいった瞬間、直之進はなかでなにが行われたかを解した。怒りに目がくらむ。いやな予感がしていたのに、それを活かせなかったおのれにも腹が立った。

「土崎周蔵っ」

直之進は刀を抜き放ち、走りだした。

おっ。周蔵がいったのが耳に届く。

間合に入るや、直之進は刀を振りおろした。

抜き身の刀をだらりと下げていた周蔵が打ち返す。鋭く刀が鳴り、なにかが直之進の顔にかかった。周蔵の刀についている血だ。悦之進たちのものだ。

それだけでさらに直之進は頭が熱くなった。なんとか心を冷やさないことには、周蔵の相手にならない。

直之進は冷静になることを心がけたが、目の前の建物のなかに悦之進たち六人のむくろが横たわっている光景がどうしても離れず、こみあげてくるものを抑えられない。

周蔵は直之進の動きに切れがないのを見て取って、次々と刀を振ってくる。

直之進は受け身になったのを感じ、なんとか攻勢に移ろうとするが、周蔵はそれを許さない。

周蔵が胴に刀を振ってきた。直之進は打ち落とすように刀を払った。

周蔵が一歩下がり、上段から刀を落としてきた。直之進は受けようとして、とどまった。あの剣だ。

背後に跳びすさる。刀が腕よりも数段おくれて振られる。

いったいこの剣法のなにが怖いのか、いまだにわからない。

直之進は、刀を引き戻した周蔵に向かって一気に飛びこんだ。刀を振るう。

それを周蔵が横に動いて軽々とかわす。体を沈めざま逆胴に刀を持ってきた。

直之進は左に足を運んでよけ、袈裟に刀を振るった。

周蔵が打ち返し、同じように袈裟に刀を打ちこんできた。刀を合わせていった直之進は周蔵の横を走り抜け、同時に刀を逆胴に払った。

周蔵はあっさりと受けとめ、右手一本での突きを繰りだしてきた。

直之進は体をひらいてかわし、下段から刀を振り抜いた。

周蔵は返す刀を、直之進に向けて落としてきた。

互いに刀は届かなかった。周蔵の刀は直之進の鼻先を通りすぎ、直之進の刀は周蔵の顎の間近を抜けていった。

直之進は下がった。周蔵も同じだ。距離は二間に広がった。

目の前を刀が通っていったのは見えなかったが、背筋が冷えた。周蔵も同様だろう。

周蔵が憎々しげに顔をゆがめる。いきなりきびすを返し、走りだした。

直之進は追った。それまで直之進と周蔵の戦いを見ているしかなかった和四郎と太之助もついてくる。

周蔵の横には、悦之進たちをこの屋敷まで導いた男もいる。

あの男をとらえるだけでもちがう。やつは周蔵とともに動き、多分、周蔵の上にいる者ともつながりがある。

やつだけでもとらえられれば、周蔵の上の者が誰か知れるかもしれない。

周蔵ともう一人の男は裏口から道に出た。直之進は一気に外に出ることはできなかった。周蔵が門の外で待ち構えているかもしれないからだ。

直之進は外の気配をうかがった。やつはいない、と確信した。

戸を思いきり蹴る。大風に吹かれたように戸が勢いよくあき、直之進は道に飛びだした。

西に向かって駆けてゆく二人の影が見えた。だいぶ遠くなってしまっている。

だが逃すわけにはいかない。

直之進は走りだした。うしろに和四郎と太之助がつく。

直之進は必死に走ったが、周蔵たちとの距離はつまらない。

やがて周蔵たちは源森川に出た。河岸があり、一艘の猪牙がもやわれている。

周蔵たちはそれを目指していた。

まずい。直之進は足をはやめようとしたが、これ以上は無理だ。

周蔵が乗りこみ、みよしに座りこむや、男が棹をつかって猪牙を突き動かした。猪牙はほとんど流れのない源森川のまんなかに進み、西へと動きはじめた。

なんとかしなければ。直之進は、とまれ、とばかりににらみつけた。

このまま大川に出られたら、まちがいなく逃げきられる。

直之進は源森川沿いの道を走った。うしろを和四郎たちがついてくる。

走りながら直之進は猪牙を見た。意外におそい。これなら大丈夫だ。

直之進は猪牙を追い越す形になった。行く手に橋が見えている。

だがあそこから舟に向かって飛びおりたのでは、間に合わない。さっき渡ったばかりの源森橋まで行かなければならない。

息が切れてきたが、ここで足をゆるめるわけにはいかない。うしろから二人の激しい息づかいがきこえてくる。

直之進はようやく源森橋の上に立った。息をととのえて、猪牙が来るのを待つ。和四郎と太之助は肩で息をしている。

あと十間というところまで来て、猪牙はくるりと船首を返した。男の棹づかいは巧みだ。もともと船頭なのではないか。

くそっ。直之進はまたも走りだした。

だが、猪牙の船足は今度は信じられないくらいはやくなっている。男は棹はやめ、櫓をつかっている。

直之進が走っても追いつけない。なんとか距離を広げられないようにするのが精一杯だ。

だが、直之進は息が切れてきた。足も徐々に重くなってきている。

猪牙は右にゆっくりと曲がり、横川に入った。南にくだり、業平橋をくぐってゆく。

直之進はへたりこみそうになる体を励まして走り続けたが、猪牙とは一町以上の距離があいてしまった。

それでもあきらめるわけにはいかない。悦之進たちの仇を討たなければならない。

だが、道は横川沿いにまっすぐ進んでくれなかった。武家屋敷にぶつかったところで、左斜めに折れた。半町近く横川から離れた道を直之進は走り、大きな寺と町屋の辻に大きな橋があるのを見た。

法恩寺橋だ。橋に駆けこみ、横川を眺め渡した。周蔵をのせた猪牙はどこにも見当たらなかった。

くそっ。

いや、いた。もう三町以上離れてしまっている。また駆けはじめたが、どうあがいてももはや追いつけそうになかった。

みよしに座りこんでいた周蔵が立ちあがった。笑みを浮かべ、手を振っている。高笑いがきこえてきそうだった。

九

直之進はうなだれるしかない。

わかっていたこととはいえ、六名のものいわぬ遺骸を目の当たりにし、言葉が出ない。

できることといえば、ばらばらになって倒れている悦之進たちを一つの間に集めてやることだけだった。

屋敷のなかは襖が倒れ、畳のいたるところに血が飛び散っている。悦之進たちの魂が切り刻まれたも同然に思えた。

直之進は六つの遺骸に目を落とした。

必ず仇を討ちますから。

そう胸でつぶやくのが精一杯だった。

姿を消した三名の御蔵役人は、悦之進たちをここへおびきだす役目を担っていたのだ。この屋敷に閉じこめられていたのかもしれない。役目を終えたから三人は始末されたのかもしれないが、死骸はどこにも見当たらない。

直之進のそばで和四郎は呆然としていたが、門のほうから人の話し声がするのを耳にして、帰ってきたようです、といった。

「そのようだな」

直之進は外に出た。

「ああ、直之進さん」

富士太郎が駆けてくる。直之進はうなずいてみせた。

富士太郎のうしろには珠吉、その横に太之助の姿がある。太之助が奉行所に知らせに走ってくれたのだ。

富士太郎が近づいてきて、なかですか、ときいた。

「見せてもらいます」

珠吉と一緒に母屋に入っていった。

「ひどいですね」

すぐに出てきていった。

「例の遣い手は土崎周蔵というそうですね。その周蔵の仕業とききましたが」

「ああ、まちがいない。やつだ」

直之進は、ぎらりとした光が自らの瞳に宿ったのを感じた。

富士太郎は思わず身を引きそうになった。直之進らしからぬ獣のような光が目に浮かんだからだ。

この人がこんな目をするなんて……。

「ここは空き屋敷だそうですね」

きくと、直之進が所有している者が誰か教えてくれた。

「玉島屋。ふむ、呉服屋の持ち物ですか。土崎周蔵となにか関係があるのか、さっそく調べてみますよ」

「頼む」

それにしても、と富士太郎は思った。中西さんたちが全滅させられちまうなんてねえ。

暗澹とするしかなかった。見合いの話を思いきって母に断った喜びなど、どこかに飛んでしまっている。

直之進は、登兵衛がやってきたのを見た。うしろにいるのは、登兵衛の用心棒をつとめている石坂徳左衛門《いしざかとくざえもん》だ。

以前、沼里家中の中老だった宮田彦兵衛《みやたひこべえ》の依頼を受けて、直之進を闇討ちしようとした男だ。

直之進は返り討ちにはできなかったが、徳左衛門の左腕を折って撃退した。

直之進は徳左衛門を捜し、ついに住みかを突きとめた。そのときにはすでに徳左衛門をどうしようという気はなく、結局、見逃すことになった。

その後、会ってはいなかったが、直之進の心のなかには徳左衛門の面影がときおり浮かんだりしていた。今どうしているのか、気にはかけていたのだ。

徳左衛門は自分の娘よりもまだ若い年頃の女と暮らしている。確か名は治美《はるみ》といった。肺の病を患っていて、薬代がかかるのだ。徳左衛門が直之進殺しを受けたのも、その薬代ほしさからだった。

徳左衛門の左腕は完治しており、刀を振るうのになんの支障もないことはすでに確かめてある。

「湯瀬さま、ご無事でしたか」

登兵衛がねぎらうようにいう。

「ああ。だが、とんでもないしくじりを冒してしまった」

「次は大丈夫でございますよ」

登兵衛が自信たっぷりにいった。

「なぜなら——」

そこで言葉を切って、徳左衛門を見る。

「湯瀬どの、おぬしの目がこれまでとちがっているからだ」

徳左衛門が引き取っていった。

「おぬし、人を殺すのに躊躇しない目になっておる」

その通りだろう。一刻もはやく土崎周蔵をあの世に送りこみたくてならないのだから。

やがて琢ノ介も門人たちと一緒にやってきた。

悦之進の死骸を見て、誰もが大泣きした。

「仇を討ちますぜ」

弥五郎が嗚咽を漏らしつついう。琢ノ介も涙をぬぐって強くうなずく。

必ず殺す。直之進はよりいっそうその思いを強くした。

この作品は双葉文庫のために書き下ろされました。

双葉文庫

す-08-07

口入屋用心棒《くちいれやようじんぼう》
野良犬《のらいぬ》の夏《なつ》

2007年3月20日　第1刷発行
2020年4月27日　第16刷発行

【著者】
鈴木英治《すずきえいじ》

【発行者】
箕浦克史
【発行所】
株式会社双葉社
〒162-8540 東京都新宿区東五軒町3番28号
［電話］03-5261-4818（営業）　03-5261-4833（編集）
www.futabasha.co.jp
（双葉社の書籍・コミックが買えます）
【印刷所】
株式会社新藤慶昌堂
【製本所】
株式会社若林製本工場

【表紙・扉絵】南伸坊
【フォーマット・デザイン】日下潤一
【フォーマットデジタル印字】飯塚隆士

落丁・乱丁の場合は送料双葉社負担でお取り替えいたします。
「製作部」宛にお送りください。
ただし、古書店で購入したものについてはお取り替えできません。
［電話］03-5261-4822（製作部）

ISBN978-4-575-66273-3 C0193
Printed in Japan

秋山香乃

からくり文左 江戸夢奇談

風冴ゆる

長編時代小説
〈書き下ろし〉

入れ歯職人の桜屋文左は、からくり師としても類まれな才能を持つ。その文左が、八百八町を震撼させる難事件に直面する。シリーズ第一弾。

秋山香乃

からくり文左 江戸夢奇談

黄昏に泣く

長編時代小説
〈書き下ろし〉

文左の剣術の師にあたる徳兵衛が失踪した日の夕刻、文左と同じ町内に住む大工が、酷い姿で堀に浮かぶ。シリーズ第二弾。

井川香四郎

洗い屋十兵衛 江戸日和

恋しのぶ

長編時代小説
〈書き下ろし〉

辛い過去を消したい男と女にも、明日を生きる道は必ずある。我が子への想いを胸に秘めて島抜けした男の覚悟と哀切。シリーズ第二弾。

井川香四郎

洗い屋十兵衛 江戸日和

遠い陽炎

長編時代小説
〈書き下ろし〉

今度ばかりは洗うわけにはいかない。番頭風の男は、十兵衛に大盗賊・雲切仁左衛門と名乗ったのだ……。好評シリーズ第三弾。

井川香四郎

金四郎はぐれ行状記

大川桜吹雪《おおかわさくらふぶき》

時代小説
〈書き下ろし〉

日本橋堺町の一角にある芝居町をねぐらにする遊び人で、後年名奉行と謳われることになる遠山金四郎の若き日々を描くシリーズ第一弾

池波正太郎

熊田十兵衛の仇討ち

時代小説短編集

熊田十兵衛は父を闇討ちした山口小助を追って仇討ちの旅に出たが、苦難の旅の末に……。表題作ほか十一編の珠玉の短編を収録。

岡田秀文

本能寺六夜物語

連作時代短編集

本能寺の変より三十年後に集められた、事件に深く関わる六人は何を知っていたのか!? 第21回小説推理新人賞受賞作家の受賞後第一作。

勝目梓　天保枕絵秘聞　長編官能時代小説

天才枕絵師にして示現流の達人・淫楽斎が、モデルに使っていた女性を相次いで惨殺され、真相を追うことに。大江戸官能ハードボイルド。

近衛龍春　関ヶ原の鬼武者　鑓《やり》の才蔵　長編時代小説〈書き下ろし〉

乱世のさなか、生涯で討ち取った首は四百六十余。鑓一本で戦国時代を駆け抜けた可児才蔵の苛烈な人生を描いた渾身作。

近衛龍春　闇の風林火山　謀殺の川中島　長編時代小説〈書き下ろし〉

忍者・霧丸は武田に滅ぼされた諏訪家再興のため、武田晴信の側室・湖舞姫の息子四郎勝頼を武田家の頭領にしようと。シリーズ第一弾！

佐伯泰英　居眠り磐音《いわね》　江戸双紙　捨雛《すてびな》ノ川　長編時代小説〈書き下ろし〉

坂崎磐音と品川柳次郎は南町奉行所定廻り同心・木下一郎太に請われ、賭場の手入れに関わることに……。大好評シリーズ第十八弾。

佐伯泰英　居眠り磐音《いわね》　江戸双紙　梅雨《ばいう》ノ蝶　長編時代小説〈書き下ろし〉

佐々木玲圓道場改築完成を間近に控えたある日、坂崎磐音と南町奉行所定廻り同心・木下一郎太は火事場に遭遇し……。大好評シリーズ第十九弾。

佐伯泰英　居眠り磐音《いわね》　江戸双紙　野分《のわき》ノ灘《なだ》　長編時代小説〈書き下ろし〉

墓参のため、おこんを同道して豊後関前への帰国を願う父正睦の書状が届く。一方、磐音を狙う新たな刺客が現れ……。大好評シリーズ第二十弾。

佐伯泰英　居眠り磐音《いわね》　江戸双紙　鯖雲《さばぐも》ノ城　長編時代小説〈書き下ろし〉

御用船の舳先に立つ磐音とおこんは、断崖に聳える白鶴城を望んでいた。折りしも、関前でよからぬ事が出来し……。大好評シリーズ第二十一弾。

坂岡真
照れ降れ長屋風聞帖
あやめ河岸
長編時代小説
〈書き下ろし〉
浅間三左衛門の投句仲間で定廻り同心に戻った八尾半四郎が、花魁・小紫にからんだ魚問屋の死の真相を探る。好評シリーズ第五弾。

坂岡真
照れ降れ長屋風聞帖
子授け銀杏《いちょう》
長編時代小説
〈書き下ろし〉
境内で腹薬を売る浪人、田川頼母の死体が川に浮いた。事件の背景を探る浅間三左衛門の怒りが爆発する。好評シリーズ第六弾。

坂岡真
照れ降れ長屋風聞帖
仇《あ》だ桜
長編時代小説
〈書き下ろし〉
幕府の役人が三人斬殺されたが、浅間三左衛門には犯人の心当たりがあった。三左衛門の過去の縁に桜花が降りそそぐ。シリーズ第七弾。

翔田寛
影踏み鬼
短編時代小説集
第22回小説推理新人賞受賞作家の力作。若き戯作者が耳にした誘拐劇の恐るべき顚末とは？表題作ほか、人間の業を描く全五編を収録。

鈴木英治
口入屋用心棒
逃げ水の坂
長編時代小説
〈書き下ろし〉
仔細あって木刀しか遣わない浪人、湯瀬直之進は、江戸小日向の口入屋・米田屋光右衛門の用心棒として雇われる。好評シリーズ第一弾。

鈴木英治
口入屋用心棒
匂い袋の宵
長編時代小説
〈書き下ろし〉
湯瀬直之進が口入屋の米田屋光右衛門から請けた仕事は、元旗本の将棋の相手をすることだったが……。好評シリーズ第二弾。

鈴木英治
口入屋用心棒
鹿威《ししおど》しの夢
長編時代小説
〈書き下ろし〉
探し当てた妻千勢から出奔の理由を知らされた直之進は、事件の鍵を握る殺し屋、倉田佐之助の行方を追うが……。好評シリーズ第三弾。

千野隆司
主税助《ちからのすけ》捕物暦
麒麟《きりん》越え
長編時代小説〈書き下ろし〉
「大身旗本の姫を知行地まで護衛せよ」が奉行から命じられた別御用だった。攫われた姫を追って敵の本拠地・麒麟谷へ！シリーズ第三弾。

千野隆司
主税助《ちからのすけ》捕物暦
虎狼《ころう》舞い
長編時代小説〈書き下ろし〉
火事騒ぎに紛れて非道を働いた悪党を討ち伏せたのは、甘味処の主人宇吉だった。果たして、その正体は……。好評シリーズ第四弾。

築山桂
甲次郎浪華始末
巡る風
長編時代小説〈書き下ろし〉
信乃と祥吾の縁談が整った矢先、若狭屋の千佐が何者かにさらわれた。甲次郎の必死の探索が始まる。好評シリーズ第一部完結編。

築山桂
銀杏《いちょう》屋敷捕物控
初雪の日
長編時代小説〈書き下ろし〉
銀杏屋敷と呼ばれる旗本屋敷の庭で人の手首が見つかった。奉公人のお鶴は事件に興味を持ち、探索に関わることに……。シリーズ第一弾。

鳥羽亮
はぐれ長屋の用心棒
黒衣の刺客
長編時代小説〈書き下ろし〉
源九郎が密かに思いを寄せているお吟に、妾にならないかと迫る男が現れた。そんな折、長屋に住む大工の房吉が殺される。シリーズ第七弾。

鳥羽亮
はぐれ長屋の用心棒
湯宿《ゆやど》の賊
長編時代小説〈書き下ろし〉
盗賊にさらわれた娘を救って欲しいと船宿の主が華町源九郎を訪ねてきた。箱根に向かった源九郎一行を襲う謎の刺客。好評シリーズ第八弾。

鳥羽亮
子連れ侍平十郎
江戸の風花
長編時代小説
上意を帯びた討手を差し向けられた長岡平十郎。下級武士の意地を通すため脱藩し江戸に向かった父娘だが……。シリーズ第二弾！

鳥羽亮

剣狼秋山要助

秘剣風哭

連作時代小説〈文庫オリジナル〉

上州、武州の剣客や博徒から鬼秋山、喧嘩秋山と恐れられた男の、孤剣に賭けた凄絶な人生を描いた、これぞ「鳥羽時代小説」の原点。

中村彰彦

歴史浪漫紀行

座頭市から新選組まで

歴史ウオーキング エッセイ

座頭市は二人いた⁉ 韓国に侵攻した秀吉が残した倭城、新選組の魂のルーツを求めて——直木賞作家が歴史の謎に迫る‼

花家圭太郎

無用庵日乗《にちじょう》

上野不忍《うえのしのばず》無縁坂

長編時代小説〈書き下ろし〉

魚問屋の隠居・雁金屋治兵衛は、馬庭念流の遣い手・田代十兵衛と意気投合し、隠宅である無用庵に向かう。シリーズ第一弾。

花家圭太郎

無用庵日乗《にちじょう》

乱菊慕情

長編時代小説〈書き下ろし〉

湯治からの帰り道、雁金屋治兵衛は草相撲で五人抜きに挑戦する若者と出会い、江戸相撲に入門させようと連れ帰る。シリーズ第二弾。

藤井邦夫

知らぬが半兵衛手控帖

投《な》げ文《ぶみ》

長編時代小説〈書き下ろし〉

かどわかされた呉服商の行方を追ううちに浮かび上がる身内の思惑。北町奉行所臨時廻り同心白縫半兵衛が見せる人情裁き。シリーズ第二弾。

藤井邦夫

知らぬが半兵衛手控帖

半化粧《はんげしょう》

長編時代小説〈書き下ろし〉

鎌倉河岸で大工の留吉を殺したのは、手練れの辻斬りと思われた。探索を命じられた半兵衛の前に、女が現れる。好評シリーズ第三弾。

藤井邦夫

知らぬが半兵衛手控帖

辻斬り

長編時代小説〈書き下ろし〉

神田三河町で金貸しの夫婦が殺され、自供をもとに取り立て屋のおときが捕縛されたが、不審なものを感じた半兵衛は……。シリーズ第四弾。

藤原緋沙子

藍染袴《あいぞめばかま》お匙帖

雁渡《かりわた》し

時代小説〈書き下ろし〉

押し込み強盗を働いた男が牢内で死んだ。牢医師も務める町医者千鶴の見立ては、烏頭による毒殺だったが……。好評シリーズ第二弾！

藤原緋沙子

藍染袴《あいぞめばかま》お匙帖

父《ちち》子《こ》雲《ぐも》

時代小説〈書き下ろし〉

シーボルトの護衛役が自害した。長崎で医術を学んでいたころ世話になった千鶴は、シーボルトが上京すると知って……。シリーズ第三弾！

藤原緋沙子

藍染袴《あいぞめばかま》お匙帖

紅《あか》い雪

時代小説〈書き下ろし〉

千鶴の助手を務めるお道の幼馴染み、おふみが許嫁の松吉にわけも告げず、吉原に身を売った。千鶴は両親のもとに出向く。シリーズ第四弾！

細谷正充・編

傑作時代小説

大江戸殿様列伝

時代小説 アンソロジー

実在する大名の行状に材をとった傑作揃い。池波正太郎、柴田錬三郎、佐藤雅美、安西篤子、神坂次郎ら七人の作家が描く名短編。

松本賢吾

はみだし同心人情剣

悲恋十手

長編時代小説〈書き下ろし〉

花見客の騒動をきっかけに、大盗賊雲切仁左衛門の手掛かりを摑んだ駒次郎は、恋敵の渥美喜十郎とともに奔走する。好評シリーズ第三弾！

松本賢吾

はみだし同心人情剣

仇恋《あだこい》十手

長編時代小説〈書き下ろし〉

阿片中毒患者が火盗改に斬られる事件が、三件続く。江戸の街を阿片で混乱させる一味に挑む駒次郎が窮地に！ 好評シリーズ第四弾！

三宅登茂子

小検使《しょうけんし》 結城左内

山雨《さんう》の寺

長編時代小説〈書き下ろし〉

丹後宮津藩主松平宗発から小検使に任じられた結城左内は役目の途次、雷雨を凌ごうとした廃寺で内偵中の男に出くわす。シリーズ第一弾。

吉田雄亮

仙石隼人探察行
繚乱《りょうらん》断ち

長編時代小説〈書き下ろし〉

役目の途上消息を絶った父・武兵衛に代わり、側目付・隼人が将軍吉宗からうけた命は尾張徳川家謀反の探索だった。

吉田雄亮

聞《き》き耳《みみ》幻八《げんぱち》浮世《うきよ》鏡《かがみ》
黄金《こがね》小町《こまち》

長編時代小説〈書き下ろし〉

御家人の倅、朝比奈幻八は、聞き耳幻八と異名をとる読売の文言書き。大川端に浮かんだ女の死体の謎を探るが……。シリーズ第一弾。

六道慧

浦之助手留帳
小《さ》夜《よ》嵐《あらし》

長編時代小説〈書き下ろし〉

老舗の主が命を狙われている――。浅草三好町で悠々自適の隠居暮らしを送る浦之助が、鮮やかに捌いてみせる男女の仲。シリーズ第四弾。

六道慧

深川日向《ひなた》ごよみ
凍《い》て蝶

長編時代小説〈書き下ろし〉

故あって国許を離れ、長屋暮らしの時津日向子、大助母子。日向子は骨董屋〈天秤堂〉の裏の仕事を手伝い糊口を凌いでいた。

和久田正明

火《ひ》賊《ぞく》捕《ほ》盗《とう》同《どう》心《しん》捕《とり》者《もの》帳《ちょう》
あかね傘

時代小説〈書き下ろし〉

刀剣・骨董専門の盗人〈赤目の権兵衛〉探索に乗り出した、若き火盗改め同心・新免又七郎の活躍を描く、好評シリーズ第一弾！

和久田正明

火《ひ》賊《ぞく》捕《ほ》盗《とう》同《どう》心《しん》捕《とり》者《もの》帳《ちょう》
海鳴《うみなり》

時代小説〈書き下ろし〉

盗賊・いかずちお仙を、いま一歩のところで取り逃がした火盗改め同心・新免又七郎の必死の探索を描く好評シリーズ第二弾！

和久田正明

火《ひ》賊《ぞく》捕《ほ》盗《とう》同《どう》心《しん》捕《とり》者《もの》帳《ちょう》
こぼれ紅

時代小説〈書き下ろし〉

凶賊・蛭子の万蔵を取り逃がしてしまうが、紅師の女に目をつけた新米同心の新免又七郎は、小商人に姿を変え近づく。シリーズ第三弾！